AF595530

PAPIER
FRESSERCHEN
MIM-VERLAG
DIE BÜCHER MIT DEM DRACHEN

Impressum:

Alle weiteren Personen und Handlungen des Buches sind frei erfunden.
Ähnlichkeiten mit lebenden oder verstorbenen Personen sind
zufällig und nicht beabsichtigt.

Besuchen Sie uns im Internet:
www.papierfresserchen.de
www.herzsprung-verlag.de

Mühlstr. 10, 88085 Langenargen
info@papierfresserchen.de

Erstauflage 2018

Cover gestaltet unter Verwendung von Bildern
von © lapas77 + © pathdoc – lizensiert Adobe Stock

ISBN: 978-3-86196-758-3 - Taschenbuch
ISBN: 978-3-96074-092-6 - E-Book

Bearbeitung: CAT creativ. - www.cat-creativ.at

Wie das Leben eben so spielt

Geschichten, Märchen und Gedichte
aus Realität und Fantasie

Gisela Luise Till

Inhalt

Der erste Schritt führt zum Ziel –

mach dich auf den Weg.

Sturmflut

Jan stand am Fenster und blickte besorgt auf das Meer. Seit Tagen zeigte die See sich von ihrer rauen Seite und schlug wieder einmal mit aller Härte zu. Windgepeitschte Wellen schlugen auf das Land und ließen das Haus erzittern. Außer ein paar Nachbarhäusern, die aus dem Wasser ragten, war von der Insel nicht mehr viel zu sehen. Die kleine Hallig war überflutet und Jan saß mit seinem Vater Hein fest.

Nein, sein Vater saß nicht fest, er lag fest. Sein altes Leiden war wieder aufgeflammt: Von Minute zu Minute schwoll sein Hals mehr zu und raubte ihm die Luft. Ausgerechnet jetzt besuchte die Mutter mit dem Motorboot Oma und konnte wegen des Sturms nicht heimkommen. Normalerweise liebte Jan es, wenn draußen der Sturm heulte. An solchen Tagen hatten die Eltern Zeit. Sie saßen dann gemeinsam in der Stube, spielten Karten oder lauschten einer von Paps' Seemannsgeschichten. Doch dieses Mal war alles anders. Dieses Mal packte ihn die Angst. Sein Vater war in Gefahr und er war ganz allein.

Jan sog tief die Luft ein und atmete kräftig durch. Mit schwerem Herzen starrte er auf das Meer und dachte an die schönen Stunden, die er mit seinem Vater verbracht hatte. Es war wundervoll, wenn er mit ihm über die See schipperte und das Ruder halten durfte. Dann fühlte er sich so groß und stark wie ein richtiger Kapitän.

Vater Hein war ein richtiger Seebär und hatte ihm alles über die Seefahrt beigebracht. Er war ein Mann, der Wind und Wellen trotzte und immer das Richtige tat. Jan liebte ihn von ganzem Herzen, und sein sehnlichster Wunsch war, so zu werden wie er. Und nun das: Paps hatte Fieberanfälle, lag hilflos wie ein Wickelkind im Bett und er wusste nicht, was er tun sollte!

Dem Jungen kamen die Tränen. So hilflos hatte er sich noch nie gefühlt. Er eilte in die Küche, kochte Tee, stellte Wasser auf den Herd und machte warme Umschläge. Danach legte er dem Vater einen Verband um den Hals und fragte immer wieder: „Wie geht es dir? Wie geht es dir?"

Vater Hein röchelte mit belegter Stimme: „Ich brauche meine Medizin, ohne die überlebe ich nicht. Hoffentlich kommt Mama bald, der Kaufmann hat noch einige Flaschen."

Jan blickte auf die See und fragte sich, was er machen sollte. Momentan lag das Meer wie ein schlafender Wolf, der seinen Bauch langsam hob und senkte, ausgestreckt vor ihm. Der Sturm machte eine Pause, so als wollte er sagen: „Komm, fahr los, hol die Medizin!"

Wenn er jetzt das alte Ruderboot flottmachte, konnte er es in der gegenwärtigen Flaute bis zum Krämer schaffen. Ihm blieb keine Wahl: Wenn er nicht an Vaters Tod schuld sein wollte, musste er es jetzt wagen. Jan straffte seinen Körper und zog mutig seine Mütze über den Blondschopf. Er warf nochmals einen prüfenden Blick auf das Meer, ging zum Bootshaus, zerrte den Kahn ins Wasser und ruderte los.

In der Ferne sah er den Krämerladen. Das Haus hob und senkte sich in den Fluten. Jan legte sich kräftig in die Ruder. Es war nicht weit, noch ein paar Schläge, dann war er da. Beim Kaufmann zurrte er, wie ein erfahrener Seemann, den Kahn fest und ging in den Laden. Drinnen erklärte er dem Krämer seine Notlage und drängte zur Eile. Der Krämer verpackte die Medizin in eine kleine Holzkiste und schnürte sie mit einer Schnur zu. Damit machte Jan sich auf den Heimweg.

Kaum dass er auf See war, heulte der Sturm erneut auf. Das Meer riss wie ein gefräßiges Raubtier sein Maul auf und spuckte meterhohe Wellen aus seiner grässlichen Fratze.

Jans Nussschale tanzte bald oben, bald unten in der tobenden Brandung. Der Kahn ächzte und krachte. Bei jedem Ächzen packte den Jungen die nackte Angst. Er drückte die Medizinkiste mit den Füßen auf den Boden und pullte um sein Leben. Die

Gischt spritzte ihm ins Gesicht und der Boden unter seinen Füßen füllte sich mit Wasser. Der Sturm fauchte ein blutrünstiges Lied und das Meer vollführte einen wahren Hexentanz.

Jans steif gefrorene Hände konnten die Ruder kaum halten; sie wurden ihm aus der Hand gerissen und mit der nächsten Welle über Bord gespült. Dem Meer ausgeliefert, klammerte er sich an die Bootskante und schrie um Hilfe. Er schrie und schrie. Der Wind zerfetzte seine Schreie, dann packte ihn die Gischt. Der Junge wurde aus dem Kahn geschleudert und tauchte unter.

Neptuns Hand zog ihn ins kalte Nass und wirbelte ihn wie ein Spielball durch die Wellen. Jan konnte gut schwimmen, doch die Kälte versteifte seine Glieder. Seine Hände und Füße fühlten sich taub an und wollten ihm nicht mehr gehorchen. Sich dagegen zu wehren war sinnlos. Er fühlte, wie seine Lebenskraft schwand, und wollte sich ergeben.

Dreimal tauchte er auf und unter, dann verschluckte ihn das Meer. Jans Sinne schwanden. Er dachte an seinen Vater, an die Medizin und ihm wurde plötzlich bewusst, dass er um sein und um Vaters Leben kämpfen musste.

Mit letzter Kraft und der Entschlossenheit eines Ertrinkenden strampelte er durch das brodelnde Wasser, schoss zur Oberfläche und schnappte gierig nach Luft. Als er zu Atem kam und sich umblickte, tänzelte die Medizinkiste neben ihm. Mit ein paar Schwimmzügen war er bei ihr, erwischte sie und quetschte seine Hand durch die Schnüre. In dem Moment rammte ihn eine Planke. Er bekam sie zu fassen, warf die Arme darüber und klammerte sich daran fest.

So schnell der Sturm gekommen war, so schnell ebbte er ab und die Wogen glätteten sich. Entkräftet trieb Jan mit der Kiste im Wasser. Er fühlte nichts mehr: weder dass die Schnur in sein Handgelenk schnitt, noch dass seine Arme und Beine steif wurden.

Nach einiger Zeit drang das Tuckern eines Schiffsmotors an seine Ohren. *Tock, tock, tock.* Er horchte. Weg war es. Außer dem Pfeifen des Windes hörte er nichts mehr.

Doch, da! *Tock, tock, tock*. Das Geräusch kam näher, wurde lauter. Plötzlich packten ihn zwei kräftige Hände und eine Stimme befahl: „Los, mein Jung, rein ins Schipp!"

Jan lag keuchend auf den Schiffsplanken. Erschöpft öffnete er die Augen und sah in das liebevolle Gesicht seiner Mutter.

Lebensweg

Ich wandle nicht auf Veilchen,
auch nicht auf der Rosen Dorn.
Geh seitwärts mal ein Weilchen,
doch meist geh ich nach vorn.

So wie die Bächlein fließen,
so will ich weitergehen.
Denn ich will noch wissen,
was hinterm Berg ist zu sehen.

Wird mein Weg mal steinig,
dann bleib ich einfach stehen.
Ruh mich aus ein wenig,
will nicht rückwärtsgehen.

Heimatlos

Im Jahr 1944 tobte der Zweite Weltkrieg mit all seinen Schrecken über Deutschland.

Obwohl auf den Wiesen das Obst an den Bäumen hing und das Vieh auf den Weiden stand, hungerten die Menschen. Sie konnten weder das Vieh bergen, noch die Ernte einfahren, denn hinter dem Dorf verlief die Westfront. Der kleine Ort lag zu dieser Zeit unter ständigem Artilleriebeschuss der amerikanischen Streitkräfte. Anwohner, die ihre Wiesen betraten, um das Fallobst oder Vieh zu retten, wurden rücksichtslos beschossen.

Einige Bewohner waren schon geflüchtet, andere verbrachten die schlimmsten Tage des Krieges in ihren Kellern und hofften, dort bis zum Ende des Krieges durchzuhalten. Somit traf es die Bevölkerung wie einen Keulenschlag, als der Befehl kam, den Ort zu räumen. *Zwangsräumung, Ausquartierung, Evakuierung* waren die drei gefürchteten Worte, die seit Langem im Dorf die Runde machten.

Alsdorf war bereits von den Amerikanern besetzt und so war es nicht verwunderlich, dass auch das kleine Bauerndorf Anfang November zwangsevakuiert wurde. Meine Familie war auch dabei.

Nachdem die Mutter – hochschwanger – bei einer Bombendetonation die Kellertreppe hinuntergeschleudert worden war und mit viel Glück keinen großen Schaden davongetragen hatte, war es für meine Familie leichter, sich der Zwangsausweisung zu fügen. Wir kamen nach Thüringen und wurden in Hildburghausen in einer alten Schule einquartiert.

Bevor wir uns auf den zugewiesenen Feldpritschen niederlassen konnten, musste die Unterkunft von allem möglichen Ungeziefer gereinigt werden!

Ohne Erfolg: In kürzester Zeit tanzten wieder die Flöhe im Raum herum.

Welch ein Glück, dass später der Familie in Eishausen ein anderes Quartier zur Verfügung gestellt wurde. Dort verbrachte sie, mehr schlecht als recht, die letzten Monate des Krieges.

Nun wurde der Vater, nicht kriegstauglich, weil verwundet, zum Volkssturm beordert. Der Volkssturm war eine zusammengewürfelte Gruppe. Alte Männer, Verletzte und Jugendliche – von überall her – sollten den Ort vor eventuellen Angriffen schützen.

Der Winter verging ohne gravierende Besonderheiten. Es folgte der Februar und somit Karneval. Nun trug es sich zu, dass Vater und einige Männer aus dem Volkssturm, alles Aachener und Kölner, sich am Karnevalssamstag in der Kneipe auf ein Bier trafen. Sie saßen dicht gedrängt an einem Tisch und sangen mit tränenerfüllten Augen: „Ich möcht zu Fooß noh Kölle jonn ..."

Der Wirt, ein miesepetriger Geselle, der auf die *hergelaufene Bande* – wie er sie nannte – nicht gut zu sprechen war, stürmte hinter der Theke hervor und schrie: „Ihr Saubande, raus hier! Draußen werden Soldaten erschossen und ihr sitzt hier und feiert Karneval!"

Der Gesang verstummte.

Schweigen machte sich breit.

Ein kräftiger, breitschultriger Einheimischer erkannte die Situation, er knallte seine Faust auf den Tresen und brummte: „Halt's Maul, siehst du nicht, dass die Jungs Heimweh haben?"

Die gescholtenen Männer standen schweigend auf, gingen hinaus und lenkten ihre Schritte zum Dorfkrug. Hier, beim tauben Fritz, der schon lange nicht mehr richtig hörte, sangen sie die Aachener Lieder von *d'r Brand, de Rues, de Paas und och d'r Öcherbösch* – bis ihre Stimmen in Tränen erstickten.

Ich will ...

... nicht leben in einer Welt, wo kein Vogel singt
und vom Kirchturm keine Glocke klingt.
Wo den Kindern das Lachen fehlt
und einer den anderen aus Freude quält.
Wo alte Menschen einsam sind
und niemand da ist, der in den Arm sie nimmt.

Ich will nicht leben in einer Welt,
wo in den Herzen die Sonne fehlt.
Wo die Luft uns den Atem nimmt
und dir nichts als Krankheit bringt.
Wo Frauen der Männer Sklaven sind
und Mädchen töten ihr eigen Kind.

Ich will ...

... dass die Familien glücklich leben
und ihren Kindern nur Liebe geben.
Wenn Mond und Sterne am Himmel stehen,
ich ohne Angst sie kann sehen.
Ich will, dass hier auf Erden
es endlich einmal soll Frieden werden.

Riskanter Ausflug

Es war in jener Zeit, als kaum Autos auf den Dorfstraßen fuhren, die Bauern mit ihren Pferdefuhrwerken übers Land zogen und die Bewohner noch vor ihren Häusern auf den Bänken saßen. Die Kinder benutzten die Straße als Spielplatz und niemanden verwunderte es, wenn plötzlich eine Kuh, ein Schaf oder ein Huhn über die Straße spazierte.

Zu dieser Zeit trug es sich zu, dass Lisa mit ihrer Familie in die Stadt zur Oma fuhr. Der Ausflug war ein großes Ereignis, das die Großfamilie sich nur einmal im Jahr gönnte. Und so machten sie sich in freudiger Erwartung auf den Weg zum Bahnhof. Doch niemand bemerkte, dass ihr Hund – Purzel – im sicheren Abstand hinterherschlich.

Die alte Dampflok näherte sich mit einer langen Rauchfahne und blieb kurze Zeit später fauchend und zischend stehen. Nachdem alle mit Gejauchze eingestiegen waren, setzte sich der Dampfzug wieder schwerfällig in Bewegung.

Und da – da musste es passiert sein! Doch niemand hatte es gesehen. Purzel sprang im letzten Moment in den Zug und ab ging die Reise.

Aachen Nordbahnhof war die Endstation. Hier verließ die Familie die Eisenbahn. Lisa hüpfte an Vaters Hand zum Ausgang und bestaunte die vielen Menschen, die aus dem Zug strömten. Plötzlich bemerkte sie einen schwarzen Spitz, der hinter einem Maschendraht bellend hin und her lief. Sie starrte auf den Hund und rief erstaunt: „Das ist Purzel!“

Der Vater schüttelte den Kopf. „Nein – unmöglich! Das ist ein fremder Hund. Wie soll Purzel denn hierherkommen?“

Der Hund kläffte immer lauter, er sprang gegen den Maschendraht, rannte vor und zurück und versuchte verzweifelt, einen

Durchschlupf zu finden. Die Familie ging weiter und entfernte sich immer mehr von dem Tier. Je weiter sie sich entfernten, umso erregter kläffte der Hund. Angsterfüllt sprang er immer wilder gegen den Maschendraht.

Lisa riss sich von Papas Hand los und rannte zu dem schwarzen Spitz. Der Hund legte sich winselnd auf die Erde und leckte durch den Zaun ihre Hand. Nun wusste Lisa es ganz genau – das war Purzel! Sie rannte bis zum Ende der Absperrung, öffnete den Draht und befreite ihren Hund.

Doch was nun? Der Dorfhund kannte keine Stadt, keine viel befahrene Straße und keine Menschenmengen auf den Gehwegen. Als sie das Bahnhofsgelände verließen, lief der Hund in Panik auf die Straße und blieb vor einem quietschenden Auto stehen. Erschrocken rannte er zurück und lief nervös zwischen den dahineilenden Menschen umher.

Die Situation wurde noch brenzliger, als eine Straßenbahn heranratterte. Purzel verstand nichts mehr und lief laut bellend auf die Bahn zu. Lisa packte im letzten Moment seinen Schwanz und wäre fast mit ihm vor die Straßenbahn gefallen.

Nun war guter Rat teuer! Wenn der Hund lebend nach Hause sollte, musste jetzt etwas geschehen.

Plötzlich hatte der Vater eine vermeintlich gute Idee: Er ging zum Bahnhofsplatz und suchte zwischen dem dort herumliegenden Unrat (damals war das noch so) nach einem Band oder Seil. Und wie der Zufall es wollte, fand er tatsächlich einen Strick. Nun geschah das, woran niemand gedacht hatte. Noch nie in seinem Leben hatte der Hund eine Leine getragen und so kam es, wie es kommen musste: Das Seil war kaum um seinen Hals gebunden, da drehte und wälzte sich der Hund ängstlich auf dem Boden. Er rieb seinen Kopf über die Erde, kratzte mit den Pfoten an dem Seil, schlug Purzelbäume und versuchte, das bedrohliche Ding abzustreifen. Er jaulte herzerweichend und zu seinem Unglück verhedderte er sich immer mehr in dem Strick.

Die Leute blieben schon stehen und glotzten entsetzt den Hund an. Nach kurzer Zeit hatte sich eine Menschentraube angesammelt, die mit wütenden Bemerkungen das Schauspiel beobachtete. Einige hoben ihre Fäuste und riefen: „Tierquäler!“ Andere drohten mit Anzeige.

Dem Vater war die Situation peinlich. Er band Purzel wieder los und versuchte, den Gaffern die Sache zu erklären. Nun standen alle ratlos herum, was sollten sie tun? Bis zur Oma waren es noch einige Straßen, Purzel musste irgendwie sicher dorthin kommen.

Da hatte Lisa eine Idee! Weil Purzel ihr immer alles nachmachte und ihr auf Schritt und Tritt folgte, hatte sie einen famosen Einfall: Sie schlich an den Hauswänden entlang, klopfte mit der Hand auf ihr Bein und rief: „Purzel, komm.“

Purzel kam und machte das, was er immer machte. Er folgte Lisa und schlich genau wie sie an den Hauswänden entlang. Die anderen gingen nebenher und sicherten den Weg. Mit diesem Trick nahm der Ausflug ein glückliches Ende und alle kamen wieder unversehrt nach Hause.

Heimat

Wenn dein Arm mich umschlingt
und die Wärme in meinen Körper dringt,
fühle ich deine Lebenskraft,
die mir Geborgenheit verschafft.
Du bist mein Baum, meine Wiese, mein Tal,
durch das ich wandere vieltausendmal.
Du bist der, der mir Sicherheit gibt
und den ich heiß und innig lieb.
Mache ich die Augen zu,
sehe ich dich – denn meine Heimat bist du.

Bittere Erfahrung

Lisa, ein Mädchen aus einem 800-Seelen-Dorf, ging 1951 zum ersten Mal zur Schule. Sie freute sich darauf, denn alle ihre Geschwister waren auch dort und so ging sie mit großer Neugier hin.

Die Schule besaß zwei Klassenzimmer, in denen jeweils vier Jahrgänge untergebracht waren. Für jedes Schuljahr stand eine Bankreihe zur Verfügung. Lisa saß in der vordersten Bank, sie schaute träumend aus dem Fenster und bemerkte zu spät, dass die Lehrerin das Klassenzimmer betrat. Plötzlich verspürte sie einen heftigen Schlag in ihrem Rücken. Erschrocken zuckte sie zusammen und sah bestürzt auf die drohende Faust der Lehrerin – Frau Baulsen. Lisa starrte in das mürrische Gesicht der Frau und verstand nicht, warum sie Schläge bekam.

„Aufstehen!", befahl die Lehrerin barsch.

Die Kinder sprangen aus ihren Bänken, stellten sich kerzengerade hin und riefen: „Guten Morgen Frau Baulsen!"

Frau Baulsen griff zum Rohrstock, knallte ihn auf die Bank der Erstklässler und keifte: „So will ich jeden Morgen von euch begrüßt werden, habt ihr das verstanden? Und wenn ihr mich auf der Straße seht, dann kommt ihr zu mir, gebt mir die Hand, macht einen Knicks oder Diener und sagt: *Guten Tag, Frau Baulsen!* Merkt euch das! Und wehe, ihr vergesst es!"

Sie drehte sich um, keifte: „Setzten", und begann mit dem Unterricht.

Das war Lisas erster Schultag.

Am nächsten Morgen stelzte Frau Baulsen mit dem Stock in der Hand grimmig durch das Klassenzimmer. Die Kinder duckten sich über ihre Bücher und trauten sich nicht, den Mund aufzumachen. Lisa drehte sich um und flüsterte ihrer Schulfreundin etwas zu. Die Lehrerin stürmte heran, schwang den Stock und brüllte: „Was gibt es da zu flüstern?!"

Noch ehe Lisa wusste, was geschah, sauste der Stock auf ihren Rücken. Die Lehrerin packte sie, riss sie aus der Bank und drosch blindwütig auf sie ein. Es war totenstill, nur die Hiebe waren zu hören. Plötzlich brach der Stock in zwei Teile und eine Hälfte schoss durch das Klassenzimmer. Lisa stand zitternd neben der Bank und erwehrte sich krampfhaft ihrer Tränen. Sie wollte auf keinen Fall weinen. Diese Hexe sollte sie nicht weinen sehen.

Tapfer schluckte sie ihre Tränen hinunter und starrte ihrer Peinigerin in die Augen.

Frau Baulsen wurde es unbehaglich: Es war ihr noch nie passiert, dass ein Kind ihrem Blick standhielt. Da die Schulstunde zu Ende war, wirbelte sie herum und rief: „Schulschluss."

Ein Albtraum ging zu Ende und Lisa rannte ohne ein Wort hinaus. Draußen stand ein schwarzer Spitz, es war ihr Freund Purzel. Der Hund war ihr Beschützer und ständiger Begleiter, niemand durfte ihr in seiner Gegenwart etwas antun. Nun stand er, wie auch am Tag zuvor, am Schultor und holte sie ab. Lisa umarmte das Tier, drückte ihr Gesicht in das struppige Fell und weinte bitterlich.

So verging der Sommer und Lisa hasste die Lehrerin immer mehr.

Eines Tages stand Lisa am Straßenrand vor ihrem Haus. Da sah sie Frau Baulsen die Dorfstraße hochkommen. Sie blieb reglos stehen und sah der verhassten Person entgegen. Eigentlich müsste sie jetzt hingehen, der Frau die Hand geben, einen Knicks machen und sie begrüßen, doch sie blieb stehen. Nun war die Lehrerin schon ganz nah und ihre Blicke trafen sich. Lisa trat einen Schritt vor, ging bis zur Bordsteinkante, schaute in die kalten Augen der Lehrerin, drehte sich um und rannte ohne Gruß ins Haus.

Am anderen Morgen, betrat Frau Baulsen den Klassenraum.

Noch während die Kinder „Guten Morgen" brüllten, ging sie zu Lisa und zischte: „Warum hast du mich gestern nicht begrüßt? Du hast mich doch gesehen!"

Lisa stand wie versteinert neben ihrem Sitzplatz, ihr Herz pochte heftig und innerlich zitterte ihr ganzer Körper. Sie blickte der Lehrerin in die Augen und murmelte: „Ich hab Sie nicht gesehen."

Frau Baulsens Gesicht wurde feuerrot, sie setzte zum Schlag an, doch dann stockte sie. Irgendetwas hielt sie zurück. Lisas Augen verströmten etwas Beunruhigendes. Der Lehrerin wurde es mulmig. Sie wendete sich von Lisa ab und ging zu ihrer Schwester, die in der dritten Reihe saß. Sie riss ihr die Schiefertafel aus der Hand, überflog die Rechenaufgaben und entdeckte prompt einen Fehler. „Das ist falsch", schrie sie und knallte der Schwester die Tafel auf den Kopf. Diese zersplitterte, das Mädchen saß weinend und mit blutendem Kopf in der Bank und der Holzrahmen der Tafel baumelte um seinen Hals. Die Lehrerin drehte sich gleichgültig um und ging zur Tagesordnung über.

Als die Schule zu Ende war, saß Purzel, der schwarze Spitz, nicht am Schultor. Lisa pfiff und rief, aber der Hund kam nicht. Es war unbegreiflich, dass er nicht da war. Purzel holte sie doch jeden Tag von der Schule ab.

Frau Baulsen beobachtete Lisa schon eine Weile, kam näher und zwitscherte honigsüß: „Na, ist dein Hundchen nicht da? Ist er krank und kann nicht kommen? Vielleicht kann er nicht mehr laufen. Ich würde an deiner Stelle schnell nach Hause gehen."

Lisa stockte das Herz und eine böse Vorahnung trieb sie nach Hause. Dort suchte sie ihren Hund, doch sie konnte ihn nirgends finden. Sie lief auf den Hof, in die Küche und rief immer wieder: „Purzel, Purzel, wo bist du?"

Der Vater kam in die Stube, nahm sie bei der Hand und raunte ihr zu: „Komm, Purzel wartet auf dich, er will sich von dir verabschieden, er ist todkrank."

„Wieso?", jammerte Lisa. „Was ist mit Purzel? Er war doch gestern noch gesund!"

Der Vater wischte sich die Tränen aus den Augen. „Jemand hat ihn vergiftet, er stirbt, es gibt keine Rettung mehr."

Purzel lag zusammengekauert vor der Stalltür. Schaum quoll aus seinem Mund. Er schaute mit trübem Blick zu Lisa und schob seine Pfote zu ihr hin. Lisa kniete neben Purzel, hielt seine Pfote und streichelte so lange sein Fell, bis er für immer die Augen schloss.

Im Frühjahr wurde Lisa versetzt und Frau Baulsen auch. Zu Beginn des neuen Schuljahrs stand eine junge Frau in der Klasse und begrüßte die Kinder mit den Worten: „Guten Morgen, liebe Kinder. Ich bin Frau Lohntag, eure neue Lehrerin."

Erstaunt hoben die Buben und Mädchen die Köpfe und horchten auf die freundliche Stimme. Und von Stund an ging für alle Kinder die Sonne auf.

Hass

Der Hass kann sich sehr gut verstecken,
ist immer bereit, neue Bosheiten auszuhecken.
Er verbirgt hinter einem Lächeln sein Gesicht,
naht süß und lieblich, du erkennst ihn nicht.

Der Hass wird dich zuerst Freundin nennen
und gibt sich so schnell nicht zu erkennen.
Sein treuer Begleiter ist der Neid,
zusammen säen sie Kummer und Streit.

Beide wollen dich kriegen
und verheißen dir süße Lügen,
versprechen alles und nehmen so viel,
so kommen sie sicher an ihr Ziel.

Haben sie dich, werden sie dich richten,
Unheil säen und dich vernichten.
Der Hass ist uralt, schon lang auf der Welt,
die Lüge ist's, die ihn am Leben erhält.

Wie gewonnen, so zerronnen

Es war in der Nachkriegszeit, als die beiden Geschwister Sofie und Marie ihre Speisekammer etwas auffüllen wollten und auf dem abgeernteten Kartoffelfeld nach vergessenen Kartoffeln hackten. In jener Zeit nagte man noch am Hungertuch und es war durchaus üblich, auf den abgeernteten Feldern nach liegen gebliebenen Kartoffeln zu graben. In der Hoffnung, viele zu finden, hatten die Frauen eine große Einkaufstasche dabei, die sie nun füllen wollten.

Sie waren ganz allein auf weiter Flur und hatten schon eine Weile gegraben, als sie plötzlich ein schnatterndes Geräusch hörten. Marie blickte erstaunt auf und traute ihren Augen nicht: Von dem nahe gelegenen Weiher watschelte eine stattliche Ente auf sie zu.

Marie, die von den Schwestern immer die beherztere gewesen war, dachte sofort an einen leckeren Sonntagsbraten, den man sich in dieser armen Zeit nicht entgehen lassen durfte. Sie ging in die Knie, legte langsam die Hacke auf den Boden, gab Sofie ein Zeichen und blieb reglos hocken. Als die Ente dicht vor ihr stehen blieb, schnellte sie vor, packte die Ente unter lautem Gezeter beim Hals und lief mit ihr zu Sofie. Diese öffnete rasch die Einkaufstasche und Marie stopfte die Ente hinein. Sie zogen bis auf ein kleines Luftloch den Reißverschluss zu und machten sich schleunigst vom Acker.

Zu Hause kam die Ernüchterung. Die beiden waren allein im Haus, wer sollte die Ente schlachten? Sofie, das zarte Seelchen, bestimmt nicht! Und Marie? Die hatte noch nie ein Tier getötet und wollte es auch jetzt nicht tun. Zum Nachbarn gehen konnten sie auch nicht. Niemand durfte von dem Fund wissen, das war Wilderei und in der armen Zeit gab es außerdem viele Neider. Sofie verdrückte sich mit den Worten: „Erledige du das, ich besorge noch Gemüse."

Als Sofie zurückkam, saß Marie apathisch am Küchentisch. Die Ente lag mit trüben Augen darauf und rührte sich nicht. Sofie starrte entsetzt auf das leblose Tier und fragte mit ängstlicher Stimme: „Ist sie tot? Wie hast du das gemacht?"

Marie zuckte die Schultern und sagte kleinlaut: „Schlaftabletten!"

Sofie erblasste. Eine leichte Übelkeit stieg in ihr hoch. Sie öffnete das Fenster, schnappte nach Luft, setzte sich neben Marie an den Küchentisch und schaute schweigend auf das tote Tier.

Nach einiger Zeit fassten die Schwestern sich ein Herz, holten Eimer und Schüssel und begannen, dem Tier die Daunen auszurupfen, die sie für eine Kissenfüllung verwenden wollten.

Die Ente hatte gerade mal drei Federn gelassen, da stöhnte Sofie: „Mir ist schlecht, ich mach morgen weiter."

Marie war froh, von der unliebsamen Arbeit wegzukommen, ließ alles stehen und liegen und huschte mit Sofie ins Bett.

Mitten in der Nacht wurde sie von seltsamen Geräuschen geweckt. In der Küche schepperte es. Ihr erster Gedanke war: Einbrecher. Jemand hatte sie beobachtet und wollte die Ente stehlen.

Marie stand leise auf, nahm den Schürhaken vom Kamin, weckte Sofie und schlich mit Schürhaken und Schwester zur Küche. Da schepperte es wieder. Marie huschte mit hoch erhobenem Schürhaken zur Küchentür, öffnete sie einen Spalt und stieß einen Schrei aus.

Sofie schlotterten die Knie, sie versteckte sich hinter Maries Rücken und starrte über deren Schulter ins Zimmer. Sie traute ihren Augen nicht: Die Ente flatterte durch die Küche. Federn flogen durch die Luft, Töpfe und Eimer kullerten über den Boden und die Tassen klirrten im Regal.

Sofie fiel auf die Knie, sie bekreuzigte sich dreimal und rief: „Sie lebt! Sie lebt!"

Marie wollte die Ente fangen. Sie lief mit dem Schürhaken hinter dem Tier her und versuchte, es in eine Ecke zu scheuchen. Doch die Ente flog verängstigt durch die Küche und entschlüpfte immer wieder. Sofie war keine Hilfe, sie hockte auf dem Boden und hielt sich erschrocken die Hände über den Kopf.

Plötzlich flog die Ente hoch, flatterte zum offenen Fenster und weg war sie.

Wehmut

Du bist gegangen, ohne Abschied, ohne ein Wort,
bist gegangen und bleibst für immer fort.
Du bist gegangen, nahmst mit mein ganzes Glück,
bist gegangen und ließt mich allein zurück.

Nun steh ich hier und weine; weine wie ein Kind.
Und über deinem Grab säuselt leise der Wind.
Ich wollt dir noch so vieles sagen,
ich hatte noch so viele Fragen.

Du bist gegangen, vorbei, mein Glück,
bist gegangen und kommst nie mehr zurück.
Du bist gegangen, mein Herz ist schwer,
mir ist, als ob auch ich gestorben wär.

Karlchen muss baden

Omas Stimme hallte durch den Hausflur: „Karlchen! Karlchen ... Opa geht zum Bäcker, willst du mit?"

Die sechzigjährige Dame zog ihre Lesebrille auf die Nasenspitze und schaute über den Brillenrand nach oben. Auf der ersten Etage schlug eine Tür zu und mit lautem Getöse trampelte ein kleiner Junge die Treppe herunter.

Opa Willi stand am Hauseingang und wartete schon. Seit sein Enkel laufen konnte, war er noch nie ohne ihn zum Bäcker gegangen, deshalb war es selbstverständlich, dass er mit der Einkaufstasche in der Hand auf Karlchen wartete.

Zwei Minuten später ging er mit Karlchen Hand in Hand zum Krämerladen, wo es 1950 neben vielen anderen Sachen auch Brötchen zu kaufen gab. Benno, der weiß gefleckte Mischlingshund, freute sich, dass es endlich losging. Er rannte von Baum zu Baum und hob mal hier und mal da sein Bein.

Der Gemischtwarenladen war das einzige Geschäft im Dorf und verkaufte alles, was man brauchte. So war es nicht verwunderlich, dass in der Winterzeit vor dem Tante-Emma-Laden ein großes Heringsfass stand, das Karlchen magisch anzog.

Mit großem Interesse schlich er jedes Mal um das Heringsfass herum und beobachtete die Ladenbesitzerin, wie sie mit der großen Holzzange, die an einer Kordel an dem Fass baumelte, einen Hering nach dem anderen angelte und in die mitgebrachten Eimer steckte.

Karlchen hatte sich einmal die Holzzange genommen und heimlich ausprobiert, wie es sich anfühlte, wenn man die Heringe heraushob und wieder fallen ließ. Die Salzbrühe, in der die Fische eingelegt waren, hatte mächtig gespritzt und er hatte lange nach Fisch gestunken.

Nun stand das Fass wieder vor der Tür und Karlchen konnte nicht widerstehen. Er beschloss, draußen zu bleiben, und ließ Opa Willi unter dem Vorwand, auf Benno aufzupassen, in den Laden gehen. Kaum dass Opa im Laden war, schlich er um das Heringsfass herum und lauerte nach allen Seiten. Als er sicher war, dass niemand ihn beobachtete, stellte er sich auf die Zehenspitzen, reckte sich und zog den Deckel vom Heringsfass herunter. Der Deckel war schwerer als erwartet, er rutschte aus seiner Hand und schlug krachend auf den Boden. Benno lag neben der Eingangstür und bellte erschrocken.

Karlchen duckte sich hinter das Fass und fixierte den Laden. Niemand hatte etwas bemerkt. Opa stand noch immer an der Theke und plauderte mit der Inhaberin. Beruhigt nahm er die große Holzzange, stellte sich auf die Zehenspitzen und angelte nach den Heringen. Das Fass war zu hoch. Es reichte ihm bis zu den Haarspitzen, er konnte gar nichts sehen. Karlchen panschte blind mit der Zange im Holzfass herum. Die Brühe spritzte ihm ins Gesicht, doch er bekam keinen Hering zu fassen.

Karlchen klemmte die Zange zwischen die Zähne, zog sich mit beiden Händen am Fass hoch und schielte hinein. Das Fass bekam Übergewicht, schwankte und kippte mit ihm auf die Straße. Die Heringe flutschten heraus, verteilten sich auf dem Gehweg und die salzige Fischbrühe floss über seine Kleider. Pitschnass sprang er auf, vergaß Benno und Opa und sauste wie der Blitz nach Hause.

Als Opa heimkam, kauerte Karlchen in Unterwäsche auf der Küchenbank und wartete auf ein Donnerwetter. Opa Willi sah ihn von der Seite an, stellte einen Eimer auf den Tisch und knurrte: „Heute gibt es Fisch."

Der Sensenmann

Es war eine stürmische Sommernacht. Der Wind trieb regenschwere Wolken voran und ließ den Vollmond dahinter verschwinden. Blitze zuckten und fernes Donnergrollen war zu hören.

Paul lag in seinem Bett und wälzte sich von einer Seite zur anderen. Plötzlich zerriss der Donner wie ein Peitschenschlag die Stille. Paul fuhr erschrocken hoch. Schweiß stand ihm auf der Stirn und sein Herz schmerzte. Er drückte seine zitternde Hand auf die Brust und schaute verwirrt durch das halbdunkle Zimmer. Die Fensterläden rappelten im Wind und dicke Hagelklötze klatschten gegen die Scheibe.

Paul erschauderte. Nicht, weil er Angst vor Gewittern hatte, nein, eine unheilvolle Vorahnung ließ ihn erzittern. Er setzte sich auf die Bettkante, holte tief Luft und rieb seine Hände, um die Gefühllosigkeit zu vertreiben. Nach zwei dahinschleichenden Minuten stieg er in seine ausgelatschten Pantoffeln und schlurfte mit schmerzenden Gliedern zum Fenster. Er wollte die Läden schließen. Doch plötzlich traute er sich nicht mehr, das Fenster zu öffnen. Mit einem unguten Gefühl wischte er sich den Schweiß von der Stirn und verharrte einen Moment. Angst stand in seinen Augen. Dennoch griff er zum Fenstervorhang, riss ihn mit einem Ruck zur Seite und stieß einen schrillen Schrei aus.

Paul starrte im aufflammenden Lichtschein eines Blitzes in ein bleiches, ausgemergeltes Gesicht. Der Sensenmann spähte durch das Fenster und pochte mit seinen knöchernen Fingern gegen die Scheibe.

Pauls Herz krampfte sich zusammen und der Schmerz raubte ihm die Luft. Er hob bebend die Hände und schrie: „Nein! Geh weg, verschwinde!“

Der Sensenmann hauchte seinen kalten Atem durch das Fenster und lockte mit verführerischer Stimme: „Komm zu mir, ich erlöse dich. Gib mir deine Hand, dann werden deine Schmerzen vergehen."

Paul drückte mit schmerzverzerrtem Gesicht die Faust auf seine stechende Brust, taumelte rückwärts und fiel auf das Bett.

Der Tod schob seine dürre Hand durch die Glasscheibe, zog sein langes Knochengerippe, das in einem schwarzen Cape steckte, hinterher und schlüpfte ins Zimmer. Der Umhang schlotterte um seine ausgemergelte Gestalt, als er mit einem Satz zum Bett sprang und kraftvoll seine Hände auf Pauls Brust drückte.

„Komm mit mir", hauchte er ihm ins Ohr, „du hast mich gerufen." Der Tod zog mit geübtem Griff seine Sichel aus dem Gewand und setzte sie an Pauls Kehle.

Paul lag wie gelähmt auf seinem Bett und keuchte: „Geh weg, ich hab dich nicht gerufen. Nur weil mir manchmal die Brust schmerzt, komme ich noch lange nicht mit. Hau ab, du hast den Falschen!"

Der Sensenmann hielt Pauls Körper fest umschlungen und der Totentanz begann. Paul bäumte sich auf, wand und drehte sich herum und versuchte mit letzter Kraft, den Todbringer von seiner Brust zu vertreiben. Doch es ging nicht. Der Tod presste seinen Mund auf Pauls Lippen und saugte ihm den Atem aus den Lungen. Röchelnd fiel Paul mit einem harten Schlag auf den Boden.

Der Sensenmann gesellte sich grinsend zu ihm und hielt ihn, so als könnte er doch noch davonlaufen, an seinen Füßen fest. Donnerschläge krachten durch die finstere Nacht und grelle Blitze zuckten durch das Schlafgemach.

Dann war Stille – Totenstille.

Nach ein paar Minuten klopfte es leise an die Tür. Sie öffnete sich einen Spalt und eine Frauenstimme flüsterte: „Opa, ist alles in Ordnung?"

Nichts rührte sich.

Die Tür flog auf. Anke, eine junge, blonde Frau, betrat den Raum, sah Paul auf dem Boden liegen, erkannte die Situation und bestellte einen Rettungswagen. Sie kniete sich neben den Großvater und hielt seine Hand.

Paul schlug die Augen auf, schaute Anke mit trüben Augen an und hauchte: „Schick ihn weg, den Todbringer, er will mich holen. Ich geh nicht mit – er hat sich ins falsche Haus geschlichen."

Die Frau beugte sich zu ihm, streichelte zärtlich seine Wangen und flüsterte: „Er wird dich nicht kriegen, komm, ich halte dich."

Es dauerte nicht lange, da kam der Rettungswagen. Nach der ersten Notversorgung ging es Paul schon besser. Der Sensenmann ließ von ihm ab und machte sich davon.

Paul öffnete die Augen, sah seine Enkelin an und flüsterte: Anke, mein Liebling, welch ein Glück, dass ich dich habe."

Frühling ...

Kommt mit Riesenschritten
nach der langen Winternacht.
Seh die ersten Blumen blitzen,
hab schon lang daran gedacht.

Frühling ...
Du bringst mein Herz zum Klingen
mit deinem warmen Sonnenschein.
Und wenn die Vögel wieder singen,
werd ich von Herzen glücklich sein.

Frühling ...
Du gibst mir Hoffnung,
Freude, neuen Mut.
Und war ich einmal traurig,
nun wird alles wieder gut.

Eine kleine Peinlichkeit

Isolde Schimmelpfennig lief aufgeregt in der Wohnung hin und her. Heute war das große Ereignis, auf das sie schon so lange gewartet hatte: Als Vorsitzende des Kirchenchors war sie Ehrengast beim großen Benefizkonzert.

Isolde hängte ihr seidenes Kleid an den Kleiderhaken, nahm den schwarzen Anzug ihres Mannes, bürstete ihn aus und hängte ihn daneben. Dann ging sie zur Badezimmertür, klopfte an und rief: „Erwin, bist du fertig?"

„Ich komme", brummte eine tiefe Männerstimme.

„Dann zieh deinen Anzug an, er hängt am Haken."

Zwei Minuten später schlurfte Erwin aus dem Bad und Isolde eilte hinein. Erwin nahm den Anzug, stieg in die Hose und zwängte sich mit angehaltenem Atem ins Jackett. Beim Versuch, die Knöpfe zu schließen, kam er ins Schwitzen und rief: „Die Jacke ist zu eng!"

Isolde riss die Badezimmertür auf. „Was, zu eng?! Der hat doch neulich noch gepasst!" Sie starrte Erwin entsetzt an. Er steckte im Anzug und konnte sich kaum bewegen. „Das kommt von deiner Fresserei", zischte sie. „Was musst du auch immer so viel essen?!" Mit funkelnden Augen eilte sie zu Erwin, zerrte das Jackett von seinen Schultern und nörgelte: „Ich versetze die Knöpfe. Was sollen die Leute nur denken? Wir sitzen am Ehrentisch neben dem Herrn Pfarrer, da sollte man korrekt gekleidet sein. Das ist ja peinlich – nie kannst du maßhalten!"

Erwin verdrückte sich rasch ins Wohnzimmer und schaltete die Sportschau ein. Nach einiger Zeit warf Isolde ihm das Jackett zu und knurrte: „Was sitzt du hier herum und guckst Fernsehen, zieh dich an, wir müssen gehen! Ich möchte als Ehrengast nicht zu spät kommen."

Erwin zog stöhnend die Jacke an und schloss mühsam den mittleren Knopf, dann verließen sie das Haus.

Das Konzert war ein voller Erfolg. Anschließend saßen die geladenen Gäste im Festsaal und ließen sich die Speisen vom Buffet schmecken. Erwin Schimmelpfennig schlich schon zum dritten Mal zum Buffet. Er öffnete das Jackett, füllte seinen Teller und kehrte zufrieden auf den viel zu schmal berechneten Sitzplatz zurück. Etwas kurzatmig quetschte er sich neben Adele Wonne, die ihm zur Rechten saß, und streifte unwillkürlich ihren entblößten Arm. Diese lächelte verzückt und verwickelte ihn in ein Gespräch. Erwin saß vor seinem gefüllten Teller und verspürte nicht die geringste Lust, sich zu unterhalten. Er schob ein dickes Stück Gänseleber in den Mund und brummte höflich: „Ühm, ühm."

Isolde saß mit säuerlicher Miene gegenüber und warf ihm warnende Blicke zu. Erwin ließ sich nicht stören und genoss sichtlich die ausgewählten Köstlichkeiten.

Fräulein Wonne, die schon etwas in die Jahre gekommen war, strahlte ihn an und säuselte: „Ich hol mir jetzt Nachtisch." Sie warf Erwin vielversprechende Blicke zu und schwirrte Richtung Kuchenbuffet davon.

Zu diesem Zeitpunkt bemerkte Frau Schimmelpfennig, wie ihr Mann unter dem Tischtuch den Hosenknopf öffnete und der Bauch sich auf seine Oberschenkel ausdehnte.

Da kehrte Adele mit zwei Tellern voller Süßigkeiten zurück, tätschelte Erwins Hand und flötete: „Das hab ich für Sie mitgebracht. Hoffentlich hab ich Ihren Geschmack getroffen."

Erwin schaute sie beglückt an und meinte: „Ein Stückchen Kuchen kann ja nicht schaden."

In dem Moment traf ihn ein Tritt gegen das Schienbein. Isolde zeigte auf seinen Bauch und zischte: „Mit so einer Wampe willst du noch Kuchen essen!?"

Erwin lief rot an. Er stemmte seine Fäuste auf den Tisch, blies seine Wangen auf und beugte sich drohend zu Isolde. Die Gespräche verstummten und alle Blicke klebten auf Herrn Schimmelpfennig. Er öffnete den Mund, doch in dem Moment, als er seine Stimme erheben wollte, knallte ein schallender Furz aus seiner Hose.

Frau Schimmelpfennig erblasste. Sie sprang auf, schnappte ihre Handtasche und pfiff: „Ich gehe heim!“

In ihrer Hast stieß sie mit der Handtasche zwei Gläser um und goss den Rotwein über den Herrn Pfarrer. Schamrot flüchtete Isolde zum Ausgang, rannte auf die Straße und stoppte wild gestikulierend ein herannahendes Taxi. Sie sprang in den Wagen und verschwand in der Dunkelheit.

Leitsatz

Vermeide Hass und Streit,
damit kommst du nicht weit.
Du schadest nur dir und den andern
und musst bald allein durchs Leben wandern.

Ein neues Zuhause

Es war an einem Sonntag, als sich die Waisenhaustüren öffneten und das Ehepaar Petersen sein lang ersehntes Kind abholte.

Marcel, ein fünfjähriger blonder Junge, rannte in den Schlafsaal, warf sich auf sein Bett und starrte angsterfüllt an die Decke. Man hatte ihm gesagt, dass er heute neue Eltern bekommen sollte. Eigentlich freute er sich darauf, doch glauben konnte er es nicht. Zu oft war er schon enttäuscht worden. In letzter Minute kam immer etwas dazwischen, darauf konnte und wollte er sich nicht mehr verlassen. Also, bloß nicht freuen! Erst mal auf Nummer sicher gehen und abwarten.

„Sollen sie nur kommen", brummte er, „diesmal werde ich nicht weinen, wenn sie ohne mich weggehen." Er stützte trotzig seine Ellbogen auf die Knie, legte den Kopf zwischen seine Fäuste und wartete.

Da klopfte es leise an der Tür, eine dunkelhaarige Frau und ein blonder Mann betraten das Zimmer. „Guten Tag, Marcel", lächelte die Frau, „wir kommen dich abholen."

Marcel blieb das Herz stehen, damit hatte er nicht gerechnet. Er blinzelte zu dem Ehepaar hinüber und streckte blitzschnell die Zunge heraus.

Die Frau lächelte, kam näher und meinte: „Hallo, wir sind es, Herr und Frau Petersen, du kennst uns doch!"

Bevor sie noch etwas sagen konnte, zog Marcel mit Daumen und Zeigefinger seine unteren Augenlider herunter. Mit dem Zeigefinger der anderen Hand drückte er seine Nase hoch, verdrehte entsetzlich seine Augen und streckte die Zunge heraus. Danach starrte er das Paar erwartungsvoll an.

Herr Petersen schob seine Frau zur Seite und setzte sich auf das Bett.

Marcel erschrak. Er huschte blitzschnell unter die Bettdecke, hielt sie über seinem Kopf fest und schrie: „Scheiße, scheiße, scheiße!"

Danach war es still. Er horchte – nichts war zu hören.

Herr Petersen saß wortlos auf der Bettkante.

Marcel verkroch sich noch tiefer unter der Decke und rief: „Hühnerkacke, Hühnerkacke, Hühnerkacke!" Dann lauschte er, was passierte.

Herr Petersen hob ganz langsam die Bettdecke einen winzigen Spalt hoch. Gerade mal so viel, dass ein kleiner Teddybär hineinpasste. Einen solchen zog er nun aus seiner Jackentasche und steckte ihn unter die Decke.

Der Teddy knuffte Marcel am Arm und sagte: „Guten Tag, Marcel, ich bin Brummi, willst du mein Freund sein?"

Marcel konnte nicht glauben, was er hörte. Hatte er richtig verstanden? Freund? Ach, wie gerne hätte er einen richtigen Freund! Er nickte so heftig mit dem Kopf, dass die ganze Bettdecke wackelte.

„Wenn du mein Freund sein willst", sagte der Bär, „dann musst du mit mir nach Hause kommen. Zu Hause sind noch mehr Freunde, die alle auf dich warten. Möchtest du?"

Marcel war sprachlos, niemand schimpfte und alle wollten seine Freunde sein.

Er schnappte sich den Teddy, schleuderte die Decke weg, sprang aus dem Bett und sagte: „Wir können gehen."

Frau Petersen blickte auf seine nackten Füße. „Ja, aber ..."

„Ach!", schrie Marcel. „Das hab ich gewusst, jetzt geht's doch nicht! Es ist immer dasselbe, alles nur leere Versprechungen. Auf euch Erwachsene ist kein Verlass." Enttäuscht verkroch er sich wieder unter der Bettdecke und nun kamen ihm doch die Tränen, die er nicht mehr weinen wollte.

Herr Petersen nahm Marcel samt Decke auf den Arm, drückte ihn ganz fest an sich und sagte: „Komm, mein Junge, wir gehen nach Hause, wir nehmen dich so, wie du bist. Wenn es sein muss, ohne Schuhe und eingerollt ihn eine Decke. Von nun an bist und bleibst du unser Kind.“

Marcel presste die Arme um seinen Hals und ließ sich glücklich von seinem neuen Papa nach Hause tragen.

Liebe

Ich schloss auf mein Herz,
ließ dich hinein
und warf weg das Schlüsselein.

Schwarz wie die Nacht

Lisa hatte lange gewartet, nun war es so weit: Ihr Urlaub hatte begonnen und sie flog der lang ersehnten Sonne entgegen. In freudiger Erwartung lehnte sie sich tief in den Sitz zurück, ließ sich von dem schnurrenden Geräusch der Flugzeugmotoren sanft in den Schlaf lullen und gab sich wohlig ihren Urlaubsträumen hin.

Plötzlich wurde sie mit einem Ruck aus ihren Träumen gerissen. Die Passagiere kreischten und die aufgeregte Stimme einer Flugbegleiterin drang harsch an ihr Ohr. „Bitte anschnallen, Köpfe nach vorne und Arme um die Knie."

Lisa schaute sich verwirrt um und glaubte sich in einem schrecklichen Albtraum. Was war passiert?

Die Motoren knallten. Das Flugzeug explodierte und spie Lisa wie ein Vulkan dampfende Lava aus seinem berstenden Leib. Schutzlos trudelte sie durch die Luft. Himmel und Erde entschwanden und ab sofort gab es kein Oben und Unten mehr. Gegenstände kreuzten ihre Flugbahn und trafen ihre Arme und Beine. Ein grausamer Schmerz sauste durch ihre Glieder und sie fühlte ihre Knochen brechen. Kurz darauf knallte sie auf den Boden, dann war es dunkel.

Stille! Um sie herum Stille.

Lisa konnte die Stille hören. Sie rauschte in ihren Ohren. Es war ihr Blut, das strömte. Ihr Puls, der klopfte. Ihr Herz, das pochte. Sie hörte ihr Leben.

Kurz darauf verwischten schwarze Nebelschleier ihre Sinne und nahmen sie mit in die Unendlichkeit.

Irgendwann erklang in der Ferne eine Sirene. Erbarmungslos drang sie an ihre Ohren und zerriss die herrliche Stille. Die Laute traten beißend in ihr Bewusstsein und brachten ihr den Schmerz, der wie tausend Feuer durch ihren Körper raste. Sie wollte es nicht hören, wollte weg! Raus aus diesem brennenden Leib, flüchten in die süße Annehmlichkeit des Todes, der ihr schon die Hand reichte und ihr Ruhe und Frieden versprach.

Die Sirenen verstummten und eifrige Hände ergriffen ihren schmerzenden Leib. Sie wehrte sich. Wollte diesen unliebsamen Händen entkommen, die grausam an ihren Gliedern zerrten.

Lisa trat aus ihrem Körper und ging ins Licht, aus dem plötzlich ihre verstorbene Mutter auftauchte. Die Mutter hielt sie fest und flüsterte: „Geh zurück, mein Kind, deine Zeit ist noch nicht gekommen!"

Lisas Sinne wehrten sich und alles in ihrem Körper schrie: „Nein! Ich will nicht. Diese Hülle bedeutet Schmerz. Schick mir den Gevatter Tod! Er soll mich erlösen."

Die Mutter stellte sich dem Tod in den Weg, der schon die Hand nach Lisa ausstreckte, und sagte: „Nein! Nicht den Schnitter, geh zurück in deinen Körper, ich schicke dir einen friedlicheren Gesellen!"

Lisa gehorchte, schlüpfte zurück in ihren geschundenen Körper und die Mutter verschwand.

Die Mutter hielt ihr Versprechen, sie schickte die Bewusstlosigkeit, die Lisa mit dem Mantel des Vergessens zudeckte und ihr das Leben rettete.

Das ist schön

Im Sonnenschein am See sitzen,
den Kopf in den Nacken legen
und die Sonne auf der Haut spüren.

Das Plätschern der Wellen hören,
den lauen Wind fühlen
und dem Zwitschern der Vögel lauschen.

Ach – ist das schön!

Schöne Bescherung!

Im frühen neunzehnten Jahrhundert sah eine gewissenhafte Hausfrau ihre Lebensaufgabe darin, für das Wohlbefinden ihres Mannes und der Kinder zu sorgen und ihnen nach Möglichkeit alle Wünsche zu erfüllen. So war es auch für Nora selbstverständlich, wenn ihr Mann von der Arbeit kam, dass das Essen griffbereit auf dem Tisch stand. Sie lebte in einem kleinen Bauerndorf, wo der Misthaufen neben dem Haus lag und das Plumpsklo im Hof stand. In jener Zeit war es üblich, dass man die Küchenabfälle sammelte und an das Vieh verfütterte. Doch wenn es mal schnell gehen musste und die Fenster offen standen, kam es vor, dass Nora die Bioabfälle wie Eier-, Äpfel- oder Birnenschalen aus dem Fenster warf und diese auf dem Mist entsorgte.

Heute war so ein Tag. Nora war spät dran. Sie musste sich beeilen, jeden Augenblick konnte ihr Mann um die Ecke kommen und sie hatte den Kaffee noch nicht fertig. Ihr Mann schätzte diese Stunde, wenn sie gemeinsam nach dem Essen eine Pause einlegten und einen Kaffee tranken. Deshalb durfte der Herr auf keinen Fall auf sein geliebtes Getränk warten.

Nora wuselte in der Küche herum, stellte hastig Teller und Tassen auf den Tisch und prüfte sorgfältig, dass sie nichts vergessen hatte. Alles klar! Die Suppe war fertig. Jetzt noch schnell der Kaffee. Sie nahm die Filtertüte, füllte sie mit Kaffeepulver und goss das kochende Wasser dazu.

In ihrem Eifer sah sie nicht, dass der Hausherr schon im Anmarsch war und in dringlichster Not Richtung Plumpsklo sauste. Er warf die Tasche vor die Haustür und eilte mit langen Schritten am Küchenfenster vorbei zum Lokus.

Einige Minuten später stolzierte er mit erleichterter Miene zum Hauseingang.

Nora bemerkte von alldem nichts. Sie erwartete ihren Mann von der rechten Seite und schleuderte den soeben benutzten Kaffeefilter aus dem linken Fenster. Just in dem Moment kam ihr Mann am Misthaufen vorbei und der Kaffeefilter klatschte ihm mitten ins Gesicht. Die Tüte platzte und der warme Kaffeesatz spritzte in tausend braunen Pünktchen über seine Wangen.

Nora hörte das Platschen. Sie reckte den Kopf aus dem Fenster, sah verdutzt die Bescherung und rief schnell: „Der Kaffee ist fertig!"

Besuch

Es waren Osterferien. Einige Kollegen hatten Urlaub genommen, für Christine bedeutete das Überstunden und die liegen gebliebene Arbeit der Kollegen fertig machen. Heute war es besonders spät geworden, sie war hundemüde und freute sich auf einen geruhsamen Abend. Christine machte den PC aus, nahm ihre Tasche, löschte alle Lichter und schlenderte heim.

In der Hoffnung, dass ihr Mann die Kinder schon zu Bett gebracht hatte, schloss sie müde die Haustür auf. Das Erste, was sie sah, war die fremde Lederjacke, die im Flur am Haken hing. Erschrocken blieb sie stehen. Besuch! Oh nein. Wer konnte das sein? Heute hatte sie keine Lust auf Besuch. Sie wollte die Beine hochlegen und mit ihrem Mann einen gemütlichen Abend verbringen.

Mit einem unguten Gefühl in der Magengrube betrachtete sie die moderne Lederjacke. Sie war ihr vollkommen fremd. Wem konnte die Jacke gehören? Sie kannte niemanden, der so eine schöne Jacke besaß.

Plötzlich zuckte ein schauriger Gedanke durch ihr Gehirn: „Das wird doch nicht der Reise-Onkel sein, der uns alljährlich besucht?"

Hoffentlich nicht! Wenn doch, musste sie jetzt Abendbrot machen, die Kinder aus ihrem Zimmer ausquartieren und Betten beziehen. Bei dem Gedanken wurde ihr heiß und kalt. Sie schauderte und stöhnte: „Nein! Bitte nicht – nicht heute."

Christine fühlte, wie eine leichte Übelkeit in ihr aufstieg. Was sollte sie jetzt tun? Sie war müde und hatte keine Lust auf ungebetenen Besuch. Wie konnte sie den selbst ernannten Onkel – der ein Schulfreund ihres längst verstorbenen Schwiegervaters war – wieder loswerden?

Er tauchte zu den ungünstigsten Zeiten auf, blieb ungebeten mehrere Tage und brachte immer einen guten Appetit mit. Außerdem besaß er die nervende Angewohnheit, bis spät in die Nacht aufzubleiben und morgens nicht aus dem Bett zu kommen. Das musste sie sich nicht länger antun, aber wie sollte sie es beenden?

Ihre Gedanken eilten hin und her und prüften alle Möglichkeiten. Wenn einer eine ansteckende Krankheit hätte, konnte sie ihn fortschicken und ein Zimmer in einem Hotel bestellen. Aber wer könnte krank sein? Eins der Kinder?

Nein! So ein schlechtes Omen wollte sie nicht heraufbeschwören. Schon gar nicht, weil sie zu feige war, etwas zu unternehmen.

Christine war der Verzweiflung nahe. Oh Gott, irgendwas musste sie tun! Sie musste ihn loswerden. Einmal musste sie doch den Mut aufbringen und diesen unliebsamen Besucher vor die Tür setzen!

Wie oft hatte sie sich schon vorgenommen, diesem lästigen Onkel die Gastfreundschaft zu verwehren. Doch sie hatte noch nie den Mut dazu gefunden und nun kämpfte sie schon wieder den gleichen Kampf.

Sollte sie vielleicht jetzt ...

Zweifelnd zuckte sie die Schultern. „Nein! Nicht heute – nicht jetzt. Oder vielleicht doch?"

Christine ging nachdenklich in die Küche und setzte sich auf einen Stuhl. Aus dem Wohnzimmer drangen leise Stimmen und sie überlegte wieder: Sollte sie es wagen und den unangenehmen Gast an die Luft befördern? Was würde sie riskieren? Ihr Verstand sagte ihr: Sie konnte nur gewinnen!

Entschlossen stand sie auf, ging zur Wohnzimmertür und legte ihre Hand auf die Türklinke. Sie straffte ihren Rücken, atmete noch einmal kräftig durch und stieß die Tür auf.

Überrascht blieb sie einige Sekunden stehen, bevor sie erfreut rief: „Papa! Du?"

Der Vater lächelte. „Hallo, mein Schatz. Schön, dass du kommst, ich wollte dir etwas zeigen."

Er holte die Lederjacke. Christine bestaunte das schöne Stück, das sie im Flur so aufgewühlt hatte. Sie nahm drei Gläser, füllte sie mit Wein und stieß auf den guten Einkauf an.

Ein verschmitztes Lächeln lag auf ihrem Mund, als sie sich auf das Sofa setzte, ihre Füße hochlegte und mit Mann und Vater einen geruhsamen Abend genoss.

Behaglichkeit

So fühlt sich Behaglichkeit an.
Ein schöner, heller Raum,
ein Lesesessel am warmen Kamin.
Ein Fenster mit schöner Aussicht.
Und neben mir du.

Hochzeit mit Hindernissen

Lisa und Kurt waren nun schon fünf Jahre ein Paar. Das Haus war gebaut, die Wohnung fertig eingerichtet und die Trauung geplant. Nach Jahren des Wartens stand nun einer Hochzeit nichts mehr im Wege. Und so war es verständlich, dass sie nach dieser langen Zeit endlich ihr Glück genießen und in ihr eigenes Heim einziehen wollten. Wen interessierte es da, dass Winter war?

So kam es, dass Lisa und Kurt keinen Gedanken an die Jahreszeit verschwendeten und für den 8. Dezember die standesamtliche Trauung festsetzten. An einem Freitagmorgen um elf Uhr sollte die Eheschließung stattfinden.

An dem besagten Morgen standen um zehn Uhr die Braut und ihre Eltern startklar im Wohnzimmer und warteten ungeduldig auf den Bräutigam, der sie mit dem Auto abholen wollte. Doch er kam nicht. Die Zeit verstrich, es wurde spät und später. Mittlerweile zeigte die Uhr schon halb elf und niemand kam.

Um Viertel vor elf war der Bräutigam nebst Schwiegermutter immer noch nicht da. Lisa stand am Fenster, blickte besorgt hinaus und murrte: „Wo bleibt er nur? Wir wollten uns hier treffen. Er wird doch nicht zu spät zur eigenen Hochzeit kommen?"

Der Vater tigerte im Zimmer herum und konnte sich den Satz nicht verkneifen: „Der ist Zigaretten ziehen!" Was so viel besagte wie: „Der hat sich dünnegemacht und kommt nicht."

Lisas Gesicht wurde lang und länger, sie zog schon mal ihren Mantel an und knirschte: „Ich geb ihm noch zwei Minuten!"

Die Mutter hockte steif auf einem Stuhl und schaute betreten von einem zum anderen. Die Situation wurde brenzlig. Doch kurz bevor alles in einer Tragödie endete, klingelte es.

Kurt stand mit seiner Mutter aufgelöst vor der Tür und berichtete von Glatteis und Schneeverwehungen.

Nun ging alles im Galopp: Mutter, Braut, Schwiegermutter drängten sich ins Auto auf den Rücksitz, der Vater hastete auf den Beifahrersitz und der Bräutigam klemmte sich hinters Steuer. Dann brausten sie los.

Doch kaum dass sie sich auf der Landstraße befanden, versperrte eine Schneewehe den Weg.

Was nun ? Zurückfahren und einen anderen Weg wählen, dazu war keine Zeit mehr. Kurt stieg aus, begutachtete die Schneewehe und hatte eine famose Idee! Er wollte mit viel Schwung und Triebkraft über den Schneehügel hinwegsausen und auf der anderen Seite landen.

Nach dem Kommando „Auf geht's, alle festhalten!" setzte er ein Stück zurück und gab Vollgas. Das Auto brauste mit Geheul auf die Schneewehe zu, rutschte hoch und steckte eine Sekunde später mit allen vier Rädern in der Luft auf dem Schneehaufen fest.

Aus, Ende! Nichts ging mehr. Alle mussten raus zum Schieben.

Vater, Mutter, Braut und Schwiegermutter stemmten sich mit vereinten Kräften gegen das Auto und schoben, was das Zeug hielt. Der Bräutigam versuchte durch kräftiges Wippen, den Wagen schubweise vom Hügel zu befördern. Und tatsächlich, das Auto bewegte sich, rutschte ein Stück und senkte sich nach vorn, sodass die Vorderräder den Boden berührten. Kurt sprang in den Wagen und gab Gas. Die Reifen griffen, das Auto machte einen Satz, schoss mit aufheulendem Motor davon und Vater, Mutter, Braut und Schwiegermutter landeten der Länge nach im Schnee.

Nach ein paar Schrecksekunden rappelten sich alle wieder hoch, klopften den Schnee von den Mänteln und liefen mit wehenden Haaren zum Auto. Der Bräutigam sammelte rasch alle ein und brauste weiter.

Punkt elf Uhr stürmte die Hochzeitsgesellschaft im Rathaus die Treppe hoch. Der Standesbeamte stand schon mit krauser Stirn in der Tür und knurrte: „ Wo bleiben Sie?"

Er drängte alle in das Trauzimmer, verriegelte die Tür und begann mit der Zeremonie. Das Brautpaar pustete ein paarmal kräftig durch und gab sich dann laut und deutlich sein *Jawort.*

Gedanken am Tag danach

Freunde und Verwandte waren eingeladen,
keiner hatte die Party ausgeschlagen.
Wir haben gesungen und gelacht
bis weit nach Mitternacht.
Am anderen Morgen, oh, welch ein Graus,
wie sieht unser Haus nur aus?

Reste: Bier, Schnaps und Wein,
puuuh, es riecht überhaupt nicht fein.
In den Kesseln klebt vom Essen der Rest,
das ist alles, was übrig blieb vom Fest.
Oh Gott! Das ist gar nicht mehr zum Lachen,
ich muss jetzt alles sauber machen.

Doch wenn ich's mir überleg so recht,
geht's mir heute richtig schlecht.
Die Zunge klebt mir trocken im Mund
und mein Magen ist auch nicht so gesund.
Ich denk – und da mach ich mit euch die Wett –,
ich bin krank und muss sofort ins Bett.

Ein schönes Erlebnis

Es war ein herrlicher Sommertag, den Mia mit ihrer kleinen Familie in Kärnten an einem anmutig gelegenen Badesee genoss. Die Sonne lachte vom Himmel, das Wasser war angenehm warm und nichts sprach dagegen, den Urlaub zu genießen und den schönen Tag mit Baden und Faulenzen zu verbringen. Was sie dann auch machten. Gegen Abend, als der Hunger kam, packte die Familie ihre sieben Sachen zusammen und fuhr zum Abendessen.

Plötzlich verdunkelten Wolken die Sonne und ein fernes Donnergrollen war zu hören. Hinter den Gipfeln war ein Wetterleuchten, das rasant näher kam. Es polterte und blitzte. Der Vater trat aufs Gaspedal, er wollte vor dem Regen im Lokal sein.

In dem Moment, als sie den Gasthof erreichten, wurde es schwarz wie die Nacht und die ersten Regentropfen fielen. Eilig betraten sie den Gasthof. Das Lokal war gut besucht, alles Urlauber, die vor dem Gewitter geflüchtet waren.

Sie hatten kaum ihre Bestellung aufgegeben, da krachte und blitzte es in allen Himmelsrichtungen. Es folgte Blitz auf Blitz, Donnerschlag auf Donnerschlag. Der Donner dröhnte so laut in den Bergen, dass alle erschraken und es augenblicklich mucksmäuschenstill wurde. Ein Blitz zuckte durch die Gaststube und ein ohrenbetäubender Knall folgte. Dann war es dunkel. Der Blitz hatte eingeschlagen und im ganzen Gasthof gab es keinen Strom mehr.

Der Wirt brachte Kerzen, bat um Nachsicht und sagte, dass es mit dem Essen vorerst nichts würde, da sämtliche Öfen ausgefallen wären. Die Gäste zuckten ergeben die Schultern, lehnten sich zurück und bestellten Wein und Bier. Draußen ging die Welt unter und der Regen prasselte aus Kübeln hernieder.

Dann zog das Gewitter langsam weiter, einzelne Blitze zuckten noch und in der Ferne rumorte der Donner.

Die Gäste saßen im Lichterglanz der Kerzen und lauschten noch immer angstvoll dem fernen Donnergrollen. Plötzlich stimmte eine Gruppe Männer, die ebenfalls im Gasthof essen wollten, ein Lied an. Alle lauschten und jeder erkannte sofort, das waren Profis. Die Männer sangen wie bei einem Konzert und jedem wurde bewusst, dass hier ein Männergesangsverein sein Bestes gab. Es war eine schaurig-schöne Atmosphäre: Die Kerzen flackerten, Blitze zuckten und die Männer sangen von Heimat, Liebe und Glück. Als sie dann das Lied *La Montanara* anstimmten, überkam alle eine wohlige Gänsehaut. Der Abend hätte schöner nicht werden können.

Der Wirt machte ein gutes Geschäft, niemand ging weg und alle lauschten bei Bier und Wein dem herrlichen Gesang.

Als nach einiger Zeit das Licht wieder anging, rieben sich die Gäste enttäuscht die Augen und der Zauber dieser Stunde war vorbei.

Suche nach Glück

Windgepeitschte Wellen schlagen dröhnend auf den Strand
und ziehen unter meinen Füßen zurück ins Meer den Sand.
Den Halt hab ich verloren, weiß nicht, wo soll ich hin,
fühl mich allein, verloren – das Leben ohne Sinn.
Gern möcht ich das Glück ergründen, mit dir die Zweisamkeit,
doch wo soll ich dich finden in dem Meer der Unendlichkeit?

Das Blatt wendet sich

Monja öffnete die Haustür, hängte ihre Jacke an den Haken, ging in die Küche und kochte Kaffee. Endlich Ruhe. Darauf hatte sie sich heute – an ihrem Geburtstag – schon seit Stunden gefreut. Sie goss den dampfenden Kaffee in eine Tasse, ging ins Wohnzimmer und setzte sich auf das Sofa. Da fiel ihr Blick auf ein offenes Kuvert, das gut sichtbar auf dem Wohnzimmertisch lag. War das ihr Geburtstagsgeschenk?

Freudig erregt nahm sie das Kuvert und las den Absender: Lutz Steinmüller.

Sofort überfiel sie das sonderbare Gefühl, das sie in letzter Zeit immer beschlich, wenn sie an Lutz dachte. Wieso befürchtete sie gleich – bei allem, was mit Lutz zu tun hatte –, dass er sie nicht liebte?

Sie drehte den Umschlag hin und her, griff hinein und zog den Inhalt heraus. Fassungslos hielt sie zwei Flugtickets in der Hand.

„Lutz", hauchte sie überglücklich. „Du hast mich nicht vergessen. Wie lieb von dir, mich an meinem Geburtstag so zu überraschen." Gleich schämte sie sich ihrer zweifelnden Gedanken. Wenn sie etwas gebraucht hatte, dann das. Einen schöneren Liebesbeweis hätte er nicht machen können.

Mit flinken Blicken suchte sie das Reiseziel. Hawaii – ihr Traumziel! Jahrelang träumte sie schon davon, einmal nach Hawaii zu fliegen. Und *er* hatte daran gedacht!

Vor Rührung wurden ihre Augen feucht und sie konnte nicht mehr verstehen, wieso sie ständig an seiner Liebe zweifelte.

Glücklich nahm sie die Kaffeetasse, setzte sie an ihre Lippen und nahm einen Schluck. Dabei ruhte ihr Blick auf dem Ticket. Plötzlich fuhr sie wie elektrisiert zusammen. Sie verschluckte sich am Kaffee und spuckte ihn in hohem Bogen aus. Die heiße Flüssigkeit schoss ihr beißend in die Nase, ihr Atem stockte und ihr Gesicht wurde feuerrot. Was stand da? Fassungslos durchstöberte sie die Unterlagen. Tatsächlich, sie hatte sich nicht verlesen. Da stand es schwarz auf weiß: *Hawaii – Lutz Steinmüller und Kerstin Richter.*

Und Monja, wo stand Monja?

Sie durchstöberte die Papiere. Sooft sie auch blätterte, nirgends fand sie ihren Namen.

Nun hatte sich das bestätigt, was sie im Innersten schon lange befürchtet hatte. Enttäuscht warf sie sich auf das Sofa und dicke Tränen rannen über ihr Gesicht.

Nach einer Weile schlugen ihre Kränkung und Verzweiflung in Wut um. Sie trommelte mit den Fäusten auf das Sofakissen und schrie bei jedem Hieb: „Lutz, du Teufel!"

Benommen schloss sie die Augen. Sie zog ihre Knie bis unter das Kinn und lauschte dem Hämmern in ihrem Kopf.

„Teufel. Teufel. Teufel", pochte es unaufhaltsam in ihrem Gehirn. Schwarze Schatten tanzten vor ihren Augen, eine imaginäre Teufelsfratze blähte sich vor ihr auf und sie sah Lutz' Gestalt drohend in der Luft.

Plötzlich ging die Tür auf und Lutz kam leichten Schrittes herein. Sein Blick fiel auf die Flugtickets und er fragte in kühlem Ton: „Du hast es gelesen?"

Monja starrte ihn ungläubig an und nickte stumm.

„Das ist gut! Dann weißt du jetzt Bescheid." Er steckte mit einem zynischen Lächeln die Tickets in seine Jackentasche und ging ins Schlafzimmer. Mit einem Koffer, der offensichtlich schon fertig gepackt gewesen war, kam er zurück, öffnete die Wohnungstür und ging wortlos hinaus.

Die Tür fiel geräuschvoll ins Schloss – dann war Stille.

Monja saß wie betäubt auf dem Sofa und lauschte dem Pulsieren in ihrem Kopf, in dem die Worte hämmerten: „Teufel. Teufel. Teufel."

Viele Stunden vergingen. Allmählich löste sich ihre Starre und sie ging gerädert zu Bett.

Die nächsten Wochen versteckte sie sich vor der Außenwelt und pflegte ihren Kummer. Erst nach vielen aufmunternden Worten und der Hilfe ihrer Freundin wurde ihr Kopf frei von allen quälenden Gedanken und sie beschloss: „Ich muss Lutz vergessen und dann werde ich mein Musikstudium wieder aufnehmen."

Seitdem sie mit Lutz zusammen war, hatte sie ihr Klavierspiel vernachlässigt, denn er hatte sich stets beschwert: „Es ist zu laut und diese Etüden, welch ein Graus!"

Monja schüttelte sich, als wollte sie ein lästiges Insekt vertreiben. Ihr Entschluss stand fest: „Ich nehme an dem Klavierwettbewerb teil! Es ist noch Zeit, wenn ich fleißig übe, kann ich es schaffen und sogar einen Preis gewinnen."

Als sie daran dachte, dass Lutz nur ein müdes Lächeln für ihr Klavierspiel übrig gehabt hatte, fühlte sie sich leicht. Eine schwere Last fiel von ihrer Seele und ein lang vermisstes Selbstwertgefühl stieg in ihr hoch.

Nach einigen Monaten des intensiven Übens war es dann so weit. Monja saß am Flügel und richtete die Notenblätter. Die Besucher saßen erwartungsvoll im ausverkauften Konzertsaal und warteten auf ihren Einsatz. Monja blickte in den Zuschauerraum und verneigte sich. Da bemerkte sie in der ersten Reihe einen jungen Mann. Ihre Blicke trafen sich. Er nickte ihr kaum merklich zu und applaudierte.

Monja griff in die Tasten und spielte den *Liebestraum* Nr. 3 in As-Dur von Franz Liszt. Federleicht tanzten ihre Finger über den Flügel, und von der Musik getragen, schwebte sie dahin und vergaß Zeit und Raum.

Als die letzten Töne leise verklangen, erschallte ein rauschender Beifall und Monja erwachte wie aus einem Traum.

Der junge Mann betrat die Bühne. Er überreichte ihr mit lobenden Worten einen hoch dotierten Scheck und flüsterte: „Wir sehen uns im Foyer."

Monja verbeugte sich, ein stürmischer Applaus erklang und sie verließ wie in Trance das Podium.

In der Empfangshalle eilte der junge Mann gleich mit zwei Gläser Champagner auf sie zu. Er reichte ihr ein Glas, stellte sich vor und legte wie ein alter Bekannter seinen Arm um ihre Schulter. Nun erkannte sie ihn: Er war ein bedeutender Pianist und Mitorganisator dieser Veranstaltung.

An diesem Abend wich er ihr nicht mehr von der Seite und nach dem dritten Glas schaute er ihr zärtlich in die Augen. Monjas Wangen glühten und plötzlich tanzte ihr Herz Boogie-Woogie. Der Abend war zauberhaft. Er brachte sie heim und nach einem zarten Kuss an der Haustür verabredeten sie sich für den nächsten Abend.

Am anderen Morgen tänzelte Monja die Straße entlang. Für den heutigen Abend wollte sie sich noch etwas Hübsches zum Anziehen kaufen. Als sie am Kiosk vorbeischlenderte, fiel ihr Blick auf ein bekanntes Tagblatt. Verwundert las sie die fett gedruckte Überschrift.

Zwei Deutsche auf Hawaii verschollen!

Sie kaufte die Zeitung und las die Innenseite. Da stand es: *Lutz S. und Kerstin R. bei einer Klettertour am Vulkankrater verschollen. Suche eingestellt.*

Monja rollte nachdenklich die Zeitung zusammen, ging nach Hause und schrieb in ihr Tagebuch:

Du bist gegangen ohne ein Wort,
bist gegangen und bleibst für immer fort.
Du bist gegangen, verflogen ist mein Zorn,
denn ich will eine Liebe ohne Dorn.

Sie schloss ihr Tagebuch und ein heller Sonnenstrahl leuchtete verheißungsvoll durch das Fenster, so wie ein Versprechen von einem glücklichen Neuanfang.

Lodernde Flamme - erloschene Glut

Wer blind in ein offenes Feuer rennt,
sich schnell und gern die Füße verbrennt.
Verheißen die Flammen auch Wärme und Glück,
sind sie verloschen, bleiben nur Brandblasen zurück.

Darum bedenke, mein Kind,
dass lodernde Flammen gefährlich sind.
Wie schnell wird aus dem Feuerglanz
alles zu Asche – nichts bleibt mehr ganz.

Brennt im Ofen eine züngelnde Glut,
die hält warm – und tut allen gut.
Wird stets ein Scheit hinzugegeben,
bleibt das Feuer lange am Leben.

Doch wenn jeglicher Funke erlischt,
das Feuer in sich zusammenbricht,
kalte Asche durch deine Hände rinnt,
dann lebe dein Leben, mein Kind.

Frauenlogik

Seit Tagen war es brütend heiß, die Nächte brachten kaum noch Abkühlung und selbst in den Morgenstunden stand schon eine stickige Luft über der Ortschaft. Nun grollte in der Ferne Donner. Tief hängende Wolken zogen über den Himmel, verdunkelten die Sonne und ein Sturm braute sich zusammen. Er trieb den Staub durch die aufgeheizten Straßen, zerrte an den Ästen der Bäume, blies die Blätter von den Zweigen und knickte im Garten die Blumen um.

Maja schaute besorgt aus dem Fenster. Das sah nicht gut aus! Und ausgerechnet jetzt musste sie ihr Kind abholen. Sie rannte in den Garten, stemmte sich gegen den Wind, befestigte alles, was zu befestigen war, und schloss alle Fenster und Türen. Dann fuhr sie ihren kleinen Sportwagen aus der Garage und brauste los.

Hoffentlich schaffte sie es rechtzeitig bis zur Schule. Bei diesem Wetter wollte sie ihr Töchterchen auf keinen Fall warten lassen. Die Kleine hatte bei Gewitter eine Heidenangst, und wenn sie jetzt allein am Schultor stand, bekam sie bestimmt Panik, wer weiß, wo sie dann hinlief?

Maja wischte sich den Schweiß von der Stirn. Das Gewitter war genau über ihr. Der Donner grollte und grelle Blitze zerrissen die regenschwere Luft. Nun folgte Schlag auf Schlag Blitz auf Donner.

Der Wind bäumte sich auf, er heulte wütend durch die Straßen und trieb die schwarzen Wolken genau auf sie zu. Plötzlich erfasste eine Sturmbö ihren Wagen und drückte ihn quer über die Fahrbahn. Dann öffnete der Himmel seine Schleusen. Dicke Regentropfen prasselten auf den heißen Asphalt und ließen kleine Wasserfontänen auf dem Pflaster tanzen. Maja blieb auf einem Parkstreifen stehen. Die Scheibenwischer liefen auf vollen

Touren. Sie konnte die Straße kaum erkennen, weiterfahren war schier unmöglich.

Mit einer raschen Handbewegung wischte sie über die beschlagene Windschutzscheibe und starrte fassungslos in die zuckenden Blitze, die rechts und links vor ihr niedersausten. Ein Blick auf die Uhr sagte ihr, dass in zehn Minuten Schulschluss war. Es war höchste Zeit! Wenn sie nicht wollte, dass ihr Kind irgendwo pitschnass umherirrte, musste sie jetzt los.

Sie atmete tief durch, sog die frischer werdende Luft ein und schaute in den Himmel. Das Gewitter zog langsam weiter und der Regen ließ nach. Sie trat aufs Gaspedal und jagte den Sportwagen mit aufheulendem Motor auf die Landstraße. Doch kaum dass sie freie Fahrt hatte, schlitterte sie in die nächste Katastrophe. Ein umgestürzter Baum lag quer über der Fahrbahn und blockierte die Straße. Endstation. Was nun?

Maja war den Tränen nah, sie musste zu ihrem Kind!

Sie stieg aus, knallte die Tür zu und lief im Nieselregen am Baum entlang. Nirgendwo war ein Durchkommen! In Panik riss sie an den Zweigen und trat wütend mit dem Fuß gegen den Stamm.

Maja kniff die Augen zusammen, warf ihr nasses Haar in den Nacken und schaute sich angstvoll um. Da bremste gegenüber ein Traktor. Eine stämmige Frau kletterte heraus, sie stellte sich breitbeinig vor den Baum, drückte ihre Fäuste in die Hüfte und schaute kopfschüttelnd auf die versperrte Fahrbahn. Maja stand ihr gegenüber und erklärte ihr aufgeregt ihre verzwickte Lage. Die Frau zeigte viel Verständnis, und da sie ebenfalls dringend zu Hause erwartet wurde, hatte sie eine Idee. Sie wechselten Fahrzeug und Papiere und versprachen, sobald die Fahrbahn geräumt war, alles wieder zu tauschen.

Die Frau wendete den Trecker, gab Maja eine rasche Bedienungseinweisung und eilte zu dem Sportwagen.

Maja sauste mit dem Traktor, so schnell ein Traktor eben sausen kann, zur Schule. Ihr Töchterchen verließ soeben mit den letzten Kindern das Schulgebäude.

Nach einer spannenden Heimfahrt durch allerlei Dörfer kamen sie über viele Umwege glücklich zu Hause an.

Als Majas Mann am Abend hörte, wie sie ihr Problem gelöst hatte, meinte er: „Das machen auch nur Frauen!“

Rätselhafte Begegnung

Es war schon sonderbar, dass der Vater 1957 seinen heranwachsenden Töchtern gestattete, im Nachbarort die Nachmittagsvorstellung im Kino zu besuchen. Er bewachte seine drei Mädchen mit Argusaugen und in der Regel durften sie ohne ihn nirgendwohin. Da in jener Zeit niemand ein Auto besaß, mussten die Mädchen den weiten Weg zu Fuß gehen.

Es muss an einem Wintertag gewesen sein, denn als die Nachmittagsvorstellung zu Ende war und die Mädchen den Heimweg antraten, dämmerte es schon. Der Heimweg führte über eine Landstraße durch Wiesen und Felder, den sie nun alleine gehen mussten. Sobald die drei die Ortschaft hinter sich ließen und sich auf der Landstraße befanden, empfing sie eine bleierne Dunkelheit. Keine Laterne, kein Stern, kein Mond erhellte die Nacht.

Das hatten die Mädchen nicht erwartet, und nun zog auch noch Nebel auf. Noch waren sie voller Begeisterung und diskutierten über den soeben gesehenen Film. Doch dann erklang ein grauenhafter Ruf aus der Dunkelheit, der sie ängstlich zusammenfahren ließ. Kurz darauf schwebte ein Käuzchen haarscharf über ihre Köpfe hinweg. Der Schreck fuhr in ihre Glieder, sie zitterten, drängten sich näher zusammen und marschierten eilig weiter. Doch das Schrecklichste stand ihnen noch bevor: Sie mussten an dem geheimnisvollen Feldweg vorbei, von dem man sich die gruseligsten Geschichten erzählte. Vor diesem Weg graute es jedem. Selbst die großen Jungs fürchteten diesen Weg und mieden ihn bei Dunkelheit.

Wie weit sie noch davon entfernt waren, konnten sie in der schwarzen Nacht nur erahnen, doch mit jedem Schritt näherten sie sich dem vermeintlichen Todespfad. Argwöhnisch spähten sie durch die grauen Nebelschleier und horchten auf jedes winzige

Geräusch. Plötzlich tauchte aus dem Nebel eine Gestalt auf und wurde groß und größer.

Voller Panik schrien alle drei gleichzeitig und stolperten ein paar Schritte rückwärts. Zu Tode erschrocken schlugen sie drei Kreuzzeichen und winselten laut: „Vater unser im Himmel ...“

Ein schwarz gekleideter Mann blieb vor ihnen stehen. Den Mädchen stockte der Atem. Doch kurz bevor sie in Ohnmacht fielen, erkannten sie ihren Bruder Jakob.

Ein Stein fiel ihnen vom Herzen. Sie begrüßten ihren Retter überschwänglich, doch auf die Frage „Hat Papa dich geschickt?“ hatte der Bruder nur ein knappes „Nöö“.

Jakob hatte gar nicht gewusst, dass sie jetzt nach Hause kamen, und wieso er ausgerechnet heute hier auftauchte, vermochte er auch nicht zu sagen. Wortkarg, wie er nun einmal war, murmelte er nur: „Ich musste kommen.“

Es war schon sonderbar, denn auch er ging bei so einem Wetter nicht über den Dorfrand hinaus. Wer oder was hatte ihn dazu bewogen?

Herbst

Leer werden nun die Bäume,
bunte Blätter wehen umher.
Dahin die Sommerträume,
es singt kein Vogel mehr.
So wie die Blätter welken,
so welkt nun auch mein Herz.
Und ich muss daran denken,
wie schön es war im März.

Bild der Erinnerung

Jedes Mal wenn die ältere Dame in den Flur tritt und ihr Blick auf das Bild der kleinen Dorfkirche ihres Heimatortes fällt, verharrt sie eine Weile. Eine Novemberstimmung steigt in ihr hoch. Sie kann sich des leicht mystischen Eindrucks nicht erwehren, den das Bild mit den alten Kopfweiden immer noch in ihr hinterlässt.

Ihre Gedanken schweifen zurück zu glücklichen Kindertagen und sie erinnert sich an jene Allerheiligen, als sie zusammen mit ihrer Freundin die Mutprobe wagte und in der Abenddämmerung durch den Hohlweg mit den unheimlichen Weiden schritt. Der Weg lag direkt hinter dem Friedhof und machte das Wagnis noch gruseliger.

Die alten, knochigen Weiden wirkten im tristen Novembergrau wie Gespenster, die ihre sieben Fangarme ausbreiteten und mit dem Wind ein schauriges Wiegenlied säuselten.

Wieder verspürt die alte Dame die Gänsehaut, die sie schon als zehnjähriges Mädchen empfand, als sie den Schritt wagte und durch den Geisterweg ging.

Traumverloren schaut sie auf das Bild. Nun steigt eine andere Empfindung in ihr hoch: das Gefühl von Heimat, Jugend und Geborgenheit.

Die kindlichen Ängste sind verschwunden und sie fühlt, wie die friedliche Natur im Novembergrau Ruhe und Frieden ausströmt. Sie lächelt versonnen und beschließt: „Morgen gehe ich den Weg noch einmal."

Ein unmoralisches Angebot

Das Publikum saß erwartungsvoll im Lesesaal und wartete geduldig auf den Autor, der heute einige Passagen aus seinem neuen Werk über *die Kraft des Körpers und ihre Folgen* lesen sollte. Der Schriftsteller ließ lange auf sich warten und die ersten Besucher scharrten schon ungeduldig mit den Füßen.

Endlich ging die Tür auf. Alle Scheinwerfer richteten sich sofort auf den Autor, der schwungvoll die Bühne betrat und mit einem breiten Lächeln die Zuhörer begrüßte.

„Was für ein Mann!"

Bonbonlutschend trat eine sportliche, braun gebrannte Männergestalt ein und nahm mit wehenden Haaren und aufgekratztem Getue auf dem bereitgestellten Stuhl Platz. Er öffnete seinen Hemdkragen und ließ seine Muskeln spielen. Sein Körper strotzte vor Gesundheit und Vitalität, was er auch groß und breit präsentierte. Als ihn alle reichlich bewundert hatten, begann er, mit fester Stimme zu lesen. Im Saal war es mucksmäuschenstill, alle lauschten seinen Worten.

Plötzlich geriet er ins Stocken. Er hustete, trank schnell einen Schluck Wasser und verschluckte sein Bonbon. Das Bonbon blieb ihm im Hals stecken und raubte ihm die Luft. Er hustete und prustete, griff sich an den Hals und rang nach Atem. Sein Gesicht wurde blau und die Augen quollen hervor. Angsterfüllt sprang er auf, griff sich an den Hals und hechelte Hilfe suchend nach Luft.

Eine junge, hübsche Ärztin, die unter den Zuhörern saß, stürmte auf die Bühne und wandte den Heimlich-Griff an. Sie stellte sich hinter den Autor, legte ihren Arm um seinen Körper und drückte ihre Faust auf seine Brust. Dann ergriff sie mit der anderen Hand die Faust und drückte mit einem kräftigen Ruck seinen Brustkorb zusammen. Der Autor erbebte, spie das Bonbon aus und schnappte keuchend nach Luft.

Als er wieder zu Atem kam, fragte die Ärztin: „Wie geht es Ihnen?"

Wieder bei Kräften sah er sie verwegen an und raunte: „Komm mit in mein Zimmer, dann zeig ich es dir!"

Ich liebe es

Ich liebe diese warmen Wintertage,
wenn die silbrige Sonne mein Haus durchflutet,
den Raum in ein sanftes Gelb taucht,
wundervolle Farben auf meinem Wandbehang erstrahlen
und die Blumen in der Vase leuchten.

Ich liebe es,
wenn flackernder Kerzenschein meine Tafel schmückt,
aromatischer Kaffeeduft durch die Stube zieht,
den sanften Glockenklang der Uhr in der Stille,
die Geborgenheit und Behaglichkeit der Stunde.
Ich liebe es, zu Haus zu sein.

Freiheit

Lena saß am Frisiertisch und kämmte träumend ihr lockiges Haar. Ihre Augen strahlten und auf ihrem Gesicht funkelte eine Glückseligkeit, die sie kaum verbergen konnte. Sie hatte eine Verabredung und das versetzte sie in einen wahren Freudentaumel.

Ihr Liebster hatte versprochen, sich mit ihr zu verloben, und sie hoffte, dass dadurch ihr Leben eine glückliche Wendung nehmen würde. Dieses Glück wollte sie festhalten und von niemandem zerstören lassen.

Lena nahm den Lippenstift und schaute nachdenklich in den Spiegel. Plötzlich erblickte sie ihre Mutter, die mit versteinerter Miene im Türrahmen stand und missbilligend die rechte Augenbraue hochzog.

Lena zuckte zusammen. „Mama! Was ist, was willst du?"

Ihre Mutter stand wie festgenagelt im Türrahmen und sagte kein Wort. Lena hatte plötzlich das Gefühl, dass sämtlicher Sauerstoff aus dem Raum entfloh und ihr keine Luft mehr zum Atem blieb. Ihr Brustkorb verkrampfte sich und nahm ihr die Möglichkeit, frei zu atmen. Sie röchelte, schnappte keuchend nach Luft und eilte zum Fenster. Schnaufend riss sie es auf, lehnte sich weit hinaus und saugte tief die frische Abendluft ein.

Eine Weile stand sie da, atmete tief durch und schaute den dahineilenden Menschen auf der Straße zu. Nun war sie erwachsen und es passierte immer noch: Der strafende Blick der Mutter machte sie wieder zu dem kleinen, asthmakranken Kind, das zitternd in der Ecke stand und überlegte, was es nun schon wieder falsch gemacht hatte.

Lena konnte es immer noch nicht ertragen, wenn die Mutter missbilligend die Augenbraue hochzog, mit erhobenem Haupt vor ihr stand, kein Wort sagte und nur darauf wartete, dass sie sich unaufgefordert ihrem Willen beugte. Die Mutter war so steif, so unnachgiebig, dass ihr in ihrer Gegenwart keine Luft zum Atmen blieb. Lena wusste, dass die Mutter erwartete, dass sie zu Hause blieb und das Verhältnis zu ihrem Freund beendete. Doch das wollte sie nicht!

Lena saugte langsam die Luft ein, schloss das Fenster und ging zum Frisiertisch. Alle Freude war wie weggeblasen und ein Blick zur Mutter bestätigte, dass sie jede ihrer Bewegungen missbilligend verfolgte.

Mit einem tiefen Seufzer nahm Lena den Lippenstift, schmierte ihn breit über ihre Lippen und trug mehr Puder auf als nötig. Die Mutter verzog die Augenbrauen und hüstelte zweimal. Lena ignorierte es, nahm den Augenbrauenstift, den sie sonst nie benutzte, malte zwei dicke schwarze Striche über ihre Augen, pinselte die Lider grün an und legte noch rote Farbe auf die Wangen. Dann streifte sie ihren Mantel über, ergriff die Handtasche und ging schwer atmend zur Tür.

Die Mutter erblasste und zischte: „Wenn du jetzt gehst, gehst du für immer!"

Die Tür fiel ins Schloss.

Woher Lena den Mut nahm, wusste sie nicht, aber heute wollte sie die Angst, die Blicke und das Asthma hinter sich lassen, denn sie fühlte: Auch sie hatte ein Recht auf ein eigenes Leben.

Erste Liebe

Du kreuztest meinen Weg und gingst vorbei,
deine Augen lächelten, versprachen allerlei.

Ich fing ein das Schwingen deiner Sinne
und hielt für ein paar Minuten inne.

Du sahst mich an, lang war dein Blick,
ich sandte dir tausend Sterne zurück.

Du machtest dann den ersten Schritt
und ich ging einfach mit dir mit.

Wir tanzten, tanzten die ganze Nacht,
keiner hatte mehr an die Zeit gedacht.

Wir träumten, dass es ewig so bliebe,
denn wir erlebten die erste Liebe.

Tag der Entscheidung

Lena saß traurig am Meeresufer und stampfte bei jedem Wellenschlag ihre Füße in den Sand. Der warme Sommerwind wehte ihr den vertrauten Duft von Seewasser in die Nase.

Lena sog tief die Luft ein und starrte mit leerem Blick auf das Meer. Ihr war die Zeit davongelaufen. Der Tag der Entscheidung war schneller gekommen, als ihr lieb war, und niemand wusste, wie er enden würde. Lena wusste nicht, ob ihr überhaupt noch für irgendetwas Zeit blieb.

Sie blinzelte schwermütig in die Sonne, die sich wie ein kleiner Hoffnungsschimmer durch die Wolken schob, und atmete tief durch. Mit jedem Atemzug spürte sie die Anspannung, unter der sie in den letzten Wochen und Monate gelitten hatte. Die Bedrohung lag noch schwer in der Luft. Sie lauerte in allen Ecken, legte sich wie eine schwarze Hand auf ihren Körper und presste ihr den Magen zusammen.

Da war immer noch die Ungewissheit, die Ungewissheit, ob sie es schaffte oder nicht.

Lena seufzte wie eine Greisin und stieß zitternd die Luft aus.

Jetzt am vermeintlichen Ende musste sie erkennen, dass ihr nichts mehr blieb. Was immer sie auch tat, der Parasit in ihrer Brust war allgegenwärtig.

Die junge Frau schaute mutlos den Wellen zu, die gegen die Felsen klatschten und anschließend mit weißen Schaumkronen zurück ins Meer flossen. Es hatte etwas Vertrautes, Tröstliches.

Ach, wenn sie nur immer hier sitzen und dem Meer zuschauen könnte! Doch in ihrer Situation, wo die Seele dabei war, sich vom Körper zu trennen, war das undenkbar. Sie fühlte wieder das flaue Gefühl in ihrem Magen, es verstärkte sich mehr und mehr und machte es ihr schier unmöglich, noch einen klaren Gedanken zu fassen. Wenn sie nicht ganz untergehen wollte, musste sie zur Besinnung kommen, sich beruhigen und dem Gespenst Angst mutig entgegentreten.

Sie zwickte sich in die Wange, heftiger, als es nötig gewesen wäre, und strich sich fahrig durch das Haar. Erschrocken zuckte sie zusammen, zog blitzschnell ihre Hand zurück und legte sie auf den Rücken. Die junge Frau wagte nicht hinzusehen.

Nein, sie wollte nicht ... sie wollte nie mehr in ihrer Hand so viele Haare sehen.

Obwohl Lena wusste, dass sie keine Angst mehr davor haben musste, spreizte sie ihre Finger, hielt die Hand in den Wind und wartete, bis er alles mitnahm, was sich eventuell darin befand. Dann versank sie wieder in ihren grübelnden Gedanken.

Seit Stunden saß sie nun schon hier. Im Haus hatte sie es nicht mehr ausgehalten. Drinnen konnte sie nicht auf die vernichtende Meldung warten. Sollten die anderen doch ihre Todesnachricht entgegennehmen. Sie brauchte das Papier nicht, auf dem es schwarz auf weiß geschrieben stand. Das Wort Krebs musste sie nicht lesen.

Sie hatte gekämpft, eine Chemotherapie nach der anderen gemacht und wartete jetzt auf das Ergebnis. Bei dem Gedanken, dass alles umsonst gewesen war und ihr vielleicht keine Zeit mehr blieb, fühlte Lena, wie sich ihr Magen zusammenkrampfte, das Untere nach oben drückte und einen säuerlichen, stechenden Schmerz in ihrem Hals hinterließ. Stiche, scharf wie ein Messer, stachen in ihre Brust. Das Herz hämmerte und jagte eine Hitzewelle nach der anderen durch ihren Körper. Ihre Hände zitterten, als sie fahrig damit über ihre Wangen glitt und die Tränen beseitigte, die aus ihren Augen quollen.

Lena sprang auf, tigerte ein paar Schritte hin und her und setzte sich wieder hin. Sie dachte an John. Wie oft hatte sie hier mit ihm gesessen, mit heißem Verlangen nach seinen Küssen und Liebkosungen. Er war es, der ihr Halt und Liebe gab. Sie waren beide so glücklich. Und nun? Nun machte sie alles kaputt. Sie war schuld! Schuld an seinem und ihrem Unglück. Sie trug den

Feind in ihrer Brust. Einen Feind, der sich in ihrem Körper breitmachte und alles zerstörte.

Und heute fiel nach langem Kampf die Entscheidung. Alles oder nichts.

Lena zog mutlos die Knie an, legte ihren Kopf auf den Arm und verlor sich im quälenden Schmerz.

Stunden später, die Sonne ging gerade unter, wurde Lena von einigen Küssen in die Wirklichkeit geholt. John war gekommen. Er hielt sie eng umschlungen und flüsterte ihr ins Ohr: „Negativ, alles in Ordnung. Du bist gesund!"

Melancholie

Kein Strahlen in deinen Augen,
kein Lächeln auf deinen Lippen,
kein Glück in deinem Gesicht.

Dein Herz ist traurig, stumpf dein Sinn
und freudlos zieht die Zeit dahin.
Niemand fragt, wie es dir geht
und wie's um deine Seele steht.

Traurigkeit dein Herz bewegt,
Kummer dir auf den Magen schlägt,
die Zukunft trostlos und trist erscheint,
der Mut vergeht, dein Auge weint.

Von andern dein Leben bestimmt,
was dir die Fröhlichkeit nimmt.
Du willst allen alles geben
und vergisst dabei, selbst zu leben.

Lebensabend

Es war ein herrlicher Sommertag. Die Rosen streckten ihre Blüten ins warme Sonnenlicht, entfalteten ihre ganze Pracht und verströmten einen betörenden Duft. Es war ein Tag, an dem man die ganze Welt umarmen konnte und der die Herzen höherschlagen ließ.

In dieser herrlichen Mittagsstunde schlurfte Bomba mit hängendem Kopf des Weges. Der junge Mann hatte für die Schönheiten des Tages keine Augen. Im Gegenteil: Er stapfte, als hätte er seine Augen mit einem Tuch verbunden, wie ein Träumender blind voran. Nichts konnte ihn erreichen, weder die bunten Schmetterlinge, die um ihn herumflatterten, noch der laue Sommerwind, der sanft in sein Gesicht wehte und ihm den Duft von frischem Heu in die Nase trieb. Bomba sah und roch nichts. Sein Herz war schwer. Er war wie eine Fliege im Spinnennetz in seinen Gedanken gefangen.

Die Mutter hatte ihn rufen lassen. Sein Vater, der alte Indianerhäuptling, hatte sich zum Sterben in die Berge zurückgezogen und nun hoffte sie, Bomba könnte seinen Vater davon überzeugen, seinen Plan aufzugeben und zurück ins Dorf zu kommen. Bomba schritt schweren Schrittes dahin, er wusste, was das bedeutete: Wenn der alte Häuptling sein Ende fühlte, konnte ihn nichts davon abbringen.

Als er bei seiner Mutter ankam, stand die alte Indianerin mit kalkweißem Gesicht vor der Hütte. Ihr hagerer Körper war überzogen mit einer pergamentdünnen Haut und ihre zuckenden Hände sprachen von einer großen Nervosität.

Bomba nahm schweigend ihre Hand und ging mit ihr ins Gebirge. Nach einem langen Fußmarsch erreichten sie den alten Häuptling. Er saß mit dem Rücken an einen Stein gelehnt und blickte geistesabwesend in die Weite. Noch während Bomba überlegte, wie er seinen Vater umstimmen konnte, wendete sich das Blatt. Die alte Indianerin setzte sich neben ihren Mann, nahm seine Hand und schaute mit ihm in die Ferne. Sie saßen stumm nebeneinander, vergaßen die Welt und hatten für den Sohn keinen Blick mehr.

Bomba ging fort und das unsichtbare Tuch, das seinen Blick verschleierte, fiel von seinen Augen. Er schaute zurück und erblickte zwei verwandte Seelen, die auf eine neue Phase ihres Seins warteten.

Im eigenen Museum

Sonja stand gebannt vor dem riesigen Gebäude, das vor Schönheit nur so strotzte, und konnte kaum glauben, dass dieses Bauwerk eigens für sie gebaut worden war. Ihre kühnsten Träume hatten sich erfüllt und ihre Werke, an denen sie so lange gearbeitet hatte, wurden heute in diesem herrlichen Museum gewürdigt. Mit heftigem Herzklopfen schritt sie durch das große Portal in die Halle und begrüßte dort die wartenden Menschen.

Es war wie im Märchen: Alle ihre Exponate hingen nach Jahreszahl geordnet in den vorgesehenen Räumlichkeiten und warteten darauf, bewundert zu werden. Sonja holte Luft und eröffnete unter stürmischem Applaus und Blitzlichtgewitter den Rundgang durch die Ausstellung.

Die Bilder, die so viel Aufmerksamkeit erregten, zeigten ihre eigene Lebensgeschichte und begannen mit den Erlebnissen ihrer Kindheit. Bei jedem Exponat blieb Lisa stehen und interpretierte ihre Gedanken. Einige Bilder zeigten die Zerstörung der Nachkriegszeit und Lisa erklärte den jüngeren Gästen, wie sich das Leben in dieser Zeit abspielte. Sie erläuterte die ernsten Gesichter der Kinder, die mit einer Haartolle, Schürze und Kniestrümpfen, die über ihre klobigen Schuhe rutschten, traurig in die Kamera blickten. Alle trugen einen abgewetzten Schulranzen auf dem Rücken, aus dem, an einer Kordel befestigt, ein Waschläppchen baumelte. Lisa berichtete, dass es kaum Hefte gegeben hätte und es zu kostspielig gewesen wäre, in ein Heft zu schreiben. Deshalb benutzten die Kinder eine Schiefertafel, an der stets ein Putzläppchen hing.

Die Traurigkeit, die diese Bilder widerspiegelten und die auch den Betrachter erfasste, verflog, als sie zu ihrer späteren Jugend überwechselten. Die Ausstellungsstücke strahlten Fröhlichkeit aus und Lisa erzählte von einem jungen Mädchen, das das Leben liebte.

Das Besondere an der Ausstellung bestand darin, dass es der Künstlerin gelungen war, Leid, Trauer, Sorge und Glück in den Bildern aufleben zu lassen, was ihr Talent deutlich hervorhob.

Dann kamen die Bilder des Wirtschaftswunders. Sie zeigten eine junge Frau und Mutter, die mit Gästen vor dem Fernseher saß und eines der zwei Programme schaute. Lisa schilderte, dass es in jener Zeit üblich war, wenn jemand einen Fernseher besaß, abends alle Nachbarn zum Mitschauen einzuladen. Etwas später verlor sich diese Sitte, man hatte selbst ein Gerät und ein Auto und trat mit dem kleinen Volkswagen die erste Urlaubsreise an. Diese Bilder sprachen für sich und brauchten keinen Kommentar.

Doch dann kam der Clou: Im letzten, abgedunkelten Raum hatte Sonja es gewagt, die Zeit zu vollenden, und sich selbst als sterbende Greisin gemalt, die im Sarg das Ende ihres Lebens darstellte.

Welch ein Wagnis.

Einige Besucher waren geschockt, andere applaudierten. Sonja beendete die Führung und eine lebhafte Diskussion entstand.

Am nächsten Tag las sie die Kritiken in den Tagesblättern. Ihre Ausstellung sorgte für viel Wirbel. Sie lächelte. Welch ein Glücksgriff, eine bessere Werbung hätte sie nicht bekommen können.

Erinnerung

Einst hab ich die Lieb' besessen,
weiß nicht, wo sie ist hin.
Wie's war, hab ich nicht vergessen,
weiß, wie glücklich ich gewesen bin.

Das Alter hat sie mir genommen,
nahm mir mein schönes Liebesglück.
Und so in die Jahre gekommen,
bleibt nur die Erinnerung zurück.

Das schönste Geschenk

Ellen saß vor ihrer Reisetasche und grübelte wegen ihrer bevorstehenden OP. Die Diagnose war niederschmetternd und sollte sie für Monate schachmatt setzten: Rücken-OP, drei Monate steif in einem Korsett gefangen. Wie sollte das gehen – so ganz allein? Gute Ratschläge prasselten von allen Seiten auf sie ein. In einigen schwangen sogar versteckte Vorwürfe mit, so als wenn sie selbst schuld wäre.

„Du musst Sport machen, dich bewegen, dann schaffst du das auch."

Ellen klappte seufzend die Tasche zu, da klopfte es an der Tür und Lisa trat ein. In Eile wie immer nahm sie ohne viele Worte die Tasche, half Ellen in den Mantel und begleitete sie zum Krankenhaus.

Zwei Wochen später holte Lisa Ellen wieder ab, half ihr über alle Anfangsschwierigkeiten hinweg, putzte, kochte und tat alles, was zu tun war. Ohne zu murren, half sie, bis Ellen mithilfe von Zangen und sonstigen Utensilien allein zurechtkam. So war Lisa: immer in Eile, aber da, wenn man sie brauchte!

Als es Ellen wieder besser ging, trudelten die Freunde ein. Sie brachten Blumen und Geschenke, saßen im Wohnzimmer bei Kaffee und Kuchen und gaben gute Ratschläge.

Plötzlich ging die Tür auf, Lisa steckte den Kopf ins Zimmer und starrte auf die vielen Geschenke, die überall herumstanden. Sie hatte keins, war in Eile wie immer und wollte nur mal schnell nach dem Rechten sehen. Verschämt schloss sie die Tür und murmelte: „Ich komm später wieder."

Ellen zog sie zurück ins Zimmer und sagte: „Darf ich vorstellen: Das ist Lisa! Sie ist die Beste und das schönste Geschenk, das ich je bekommen habe."

Vergessen

Im Kegelclub *Alle Neune* wurde der alljährliche Ausflug geplant. Nach längerer Diskussion und vielem Hin und Her entschied man, am zweiten Januar zum Sechs-Tage-Radrennen nach Köln zu fahren. Nachdem das Reiseziel feststand, wurde die Fahrt in allen Einzelheiten geplant. Es wurde beschlossen, damit jeder etwas trinken konnte, für die Reise einen Bus mit Fahrer zu mieten.

An besagtem Abreisetag wurde der Bus mit Essen und Trinken bestückt. Die Damen nahmen vorne im Bus bei Sekt und Wein Platz, worauf die Männer sich hinten um die Bierkästen versammelten. Während der Fahrt war es sehr lustig. Es wurden Witze erzählt, gesungen und gelacht. So verging die Zeit wie im Flug.

Nach einer Stunde mussten einige Männer zum Klo und baten den Busfahrer, auf dem Frechener Parkplatz kurz anzuhalten. Katrin musste auch und erkundigte sich bei den Damen, die schon reichlich dem Sekt zugesprochen hatten, ob jemand mit zur Toilette ginge. Alle verneinten. Katrin meldete sich ab und sagte laut und deutlich: „Dann bin ich mal kurz weg. Ich geh zur Toilette."

Draußen empfing sie eine beklemmende Stille. Der riesige Rastplatz war stockdunkel und menschenleer. Die Männer eilten alle hinter die Büsche und Katrin musste etliche Meter zum Toilettenhaus laufen. Dort war ebenfalls alles wie ausgestorben und sie merkte plötzlich, wie mutterseelenallein sie war. Die gespenstische Stille jagte ihr Angst ein. Das verstärkte sich noch mehr, als sie auf der Toilette saß, keinen Laut hörte und sich mehr und mehr der Einsamkeit bewusst wurde. So etwas hatte sie auf einer Autobahnraststätte noch nie erlebt.

Plötzlich schoss ihr ein Gedanke durch den Kopf: „Was ist, wenn der Bus ohne mich abfährt?" Von einer Vorahnung getrieben, sprang sie auf, zog hastig die Hose hoch, schnappte ihre

Handtasche, rannte nach draußen und sah, wie der Bus tatsächlich in Richtung Autobahn rollte.

Katrin bekam weiche Knie. Sie riss ihren Schal vom Hals und rannte winkend hinter dem Bus her, der schon fast die Einfädelspur zur Autobahn erreicht hatte. Panik ergriff sie. Wenn der Bus auf die Autobahn fuhr, war es aus: Er konnte dann nicht mehr zurück und wer weiß, wie lange es dauerte, bis sie hier gefunden wurde. Auf dem dunkeln Parkplatz standen nur ein paar Lkws, an denen ein paar dunkle Männergestalten herumlungerten. Sonst war weit und breit niemand zu sehen. Sie war ganz allein! Was sollte sie tun?

Katrin hetzte mit wehendem Schal dem Bus hinterher und überlegte fieberhaft, was sie machen konnte. Die Gedanken rasten durch ihren Kopf und prüften in Sekundenschnelle alle Möglichkeiten. Ein Glück, sie hatte ihre Handtasche mit und etwas Geld dabei. So konnte sie sich ins Restaurant setzen, etwas bestellen und dort warten, bis man sie vermisste und vielleicht irgendwann abholte. Sie schaute sich um und stellte fest, das Restaurant war menschenleer. Entsetzt rannte sie weiter. Ihr war zum Heulen zumute, der Angstschweiß stand auf ihrer Stirn, doch solange sie den Bus sah, lief sie ihm hinterher. Es blieben nur noch zwei Meter und der Bus war auf der Autobahn.

Plötzlich, Katrin traute ihren Augen nicht, blieb der Bus stehen und die Tür ging auf. Atemlos stieg sie ein. Sie kämpfte mit den Tränen und hätte am liebsten alle verprügelt, die sie mit großem Gelächter begrüßten. Der Busfahrer entschuldigte sich: „Ich hab gefragt, ob alle da sind. Niemand wurde vermisst. Da bin ich gefahren, bis ich Sie hinter dem Bus herlaufen sah.“ Für Katrin war der Spaß vorbei, sie setzte sich auf ihren Platz und musste sich erst einmal beruhigen.

Beim Sechs-Tage-Rennen spielten plötzlich alle den Wachhund und machten sich einen Spaß daraus, ihr auf Schritt und Tritt zu folgen und blöde Sprüche zu klopfen. Katrin ignorierte alle dummen Bemerkungen, denn sie wusste: „Wer den Schaden hat, braucht für den Spott nicht zu sorgen!“

Glückliche Vorsehung

Die Meteorologen hatten im Radio einen wunderschönen Tag versprochen und sollten damit auch recht behalten. Max kuppelte den Wohnwagen an das Auto und zog das Gespann auf die Straße. Er freute sich auf den lang ersehnten Urlaub und rief seiner Frau, die mit Lena einen letzten Kontrollgang durchs Haus machte, zu: „Alles einsteigen, das Auto ist fertig, die Reise kann beginnen."

Zehn Minuten später waren sie auf der Autobahn, ließen alle Alltagssorgen hinter sich und genossen die Fahrt. Es schien tatsächlich ein schöner Tag zu werden. Die Sonne stieg höher, tauchte alles in ein purpurrotes Licht und sie fuhren in den Urlaub.

Lena saß auf dem Rücksitz, sie war ein braves Kind, quengelte nie herum und ließ sich immer wieder – wenn ihr langweilig wurde – auf ein neues Spiel ein. Max blickte in den Rückspiegel und lächelte. Seine Frau hatte sich zu Lena gesetzt und spielte mit ihr Mau-Mau. So machte das Reisen Spaß und sie kamen gut voran. Die vor ihnen liegenden tausend Kilometer schrumpften von Stunde zu Stunde. Max hatte sich für die Route über die Schweiz entschieden, wollte bei Basel den Rhein überqueren und dann weiter nach Spanien fahren. Da sie keinen Zeitdruck hatten und übernachten konnten, wo es ihnen gefiel, entschied er sich, Lena eine Freude zu machen und mit der Autofähre den Rhein zu überqueren. Sie sahen die Fähre am anderen Ufer liegen, stellten sich vorne an die Anlegestelle und warteten auf ihre Rückkehr. Inzwischen bildete sich eine Autoschlange hinter ihnen.

Max erklärte Lena: „Jetzt fahren wir mit dem Schiff, schau, da kommt es!"

Lena bekam angstvolle Augen und jammerte: „Ich will nicht mit dem Schiff fahren, ich will nicht!"

Die Mutter verstand nicht, wieso Lena so jammerte, und fragte: „Du fährst doch gerne Schiff, warum jetzt nicht? Das ist doch schön."

Lena wurde immer aufgeregter und heulte: „Ich will nicht mit dem Schiff fahren, ich will nicht! Papa, fahr zurück.

Max war wie vor den Kopf geschlagen, er konnte nicht zurück, das Gespann stand vorne in der Schlange und war von Autos eingekeilt. Die Mutter nahm Lena auf den Schoß und versuchte, sie zu beruhigen.

Aber je näher das Schiff kam, desto hektischer wurde Lena. „Ich will nicht auf das Schiff, ich will nicht, das Schiff macht einen Bums!"

Mittlerweile hatte das Schiff angelegt. Max blieb keine Wahl, er fuhr auf die Autofähre und blieb an der Sicherheitsleine stehen. Der Platzeinweiser befahl, das Wohnwagengespann unter die Sicherheitsleine zu fahren, damit er noch mehr Autos laden konnte.

Max sah Lenas Panik, er weigerte sich, parkte vorschriftsmäßig das Gespann vor der Sicherheitsleine und stieg mit der Familie aus dem Wagen.

Als sie auf dem Wasser waren, bemerkte die Mutter, dass die Fähre bedrohlich nah auf ein Tankschiff zusteuerte. Sie nahm Lena an die Hand, machte Max darauf aufmerksam und ließ das entgegenkommende Schiff nicht mehr aus den Augen.

Max ignorierte ihre Sorge und meinte: „Der Kapitän wird schon wissen, wann er beidrehen muss."

Zwei Minuten später krachte es, die Fähre rammte den Rumpf des Tankschiffes. Die Passagiere segelten über den Boden, Fahrräder fielen um und ein Motorrad kippte gegen Max' Auto. Das Wohnwagengespann rutschte zwei Meter über die Ausladefläche und kam einen Millimeter vor der Kante zum Stehen.

Die Mutter hatte sich mit Lena an der Schiffswand festgeklammert und die beiden hatten das Unglück unbeschadet überstanden. Es brach ein heilloses Durcheinander aus, doch der Kapitän ließ sich nicht sehen.

Als er sich nach langer Zeit endlich aus seiner Kajüte bemühte, merkten die Passagiere, dass er total betrunken war. Dank Lenas Vorahnung hatte Max sich nicht unter die Sicherheitsleine dirigieren lassen, sonst wären sie mit Mann und Maus im Rhein gelandet.

So nahm die Reise trotz Ärger und Autobeulen noch ein gutes Ende.

Sommer ade

Ade, du warme Sonne, vorbei ist deine Zeit,
nimmst mit des Sommers Wonne und die Glückseligkeit.
Der Winter ist gekommen, die Natur legt sich zur Ruh
und deckt mit weißem Kleide die Erde wieder zu.

Ich wart' nun auf den Frühling, auf neues Maienglück,
dass mir der warme Sommer die Freude bringt zurück.
Dann fängt es an zu sprießen, das Leben neu erwacht,
ich will den Lenz begrüßen nach der langen Winternacht.

Komm ins Märchen-Zauberland

Weihnachtsgeschichten, Gedichte und Märchen sind ...

Drei wie Vater, Mutter, Kind,
drei miteinander verwoben sind.
Drei heißt die magische Zahl,
drei ist die richtige Wahl.

Die verwunschene Prinzessin

Vor vielen Jahren lebten im Zauberland der Fantasie ein König und eine Königin. König Pfiffikus regierte sein Land friedlich und war für seine außergewöhnlichen Einfälle bekannt. Im Land der Fantasie standen die Tore weit offen und jeder, der mochte, konnte hinein- oder herausspazieren. So war es nicht verwunderlich, dass sich die unterschiedlichsten Geschöpfe im Land ansiedelten. Mittlerweile lebten dort Zauberer, Elfen, Zwerge ...

Der König war stolz auf sein Königreich und er hätte glücklich sein können, wenn die Königin nicht so traurig gewesen wäre. Sie weinte den ganzen Tag, aß kaum noch und wurde immer dünner.

Als der König dies bemerkte, bekam er Angst und fragte: „Liebes, du weinst nun schon wochenlang. Sag mir, was bedrückt dich?"

„Ach", seufzte die Königin und wischte sich die Tränen aus den Augen. „In unserem Zauberland ist es wunderschön, aber das Schönste und Beste fehlt mir."

„Meine Liebste, sag mir, was es ist! Ich besorge es dir."

„Ich wünsche mir ein Kind und bekomme keins. Ohne Kind will ich nicht mehr leben. Bitte, lieber Mann, hilf mir! Geh zum Zauberer und bitte ihn um eine Medizin."

Der König eilte sofort zum Zauberer und bat: „Lieber Zauberer, meine Frau möchte ein Kind und bekommt keins, kannst du helfen und ihr einen Zaubertrank brauen?"

„Das kann ich", nickte der Magier. „Aber was gibst du mir dafür?"

Pfiffikus fiel ein Stein vom Herzen und versprach: „Wenn das Kind ein Jahr alt ist, bekommst du am Morgen danach mein halbes Königreich."

Der Zauberer musterte den König. Da er Pfiffikus aber nicht traute, verlangte er: „Gib mir das schriftlich, damit du dich später noch daran erinnerst."

Der König nahm ein Plakat vom Tisch des Zauberers und schrieb mit großen Buchstaben: *Morgen bekommst du mein halbes Königreich.*

Der Zauberer heftete das Plakat an die Wand und machte sich an die Arbeit. Er holte eine geheime Tinktur aus seiner Zauberwerkstatt, füllte sie in eine Flasche, hob seinen Zauberstab und murmelte:

„Drei wie Vater, Mutter, Kind –
drei miteinander verwoben sind.
Drei heißt die magische Zahl –
drei ist die richtige Wahl.
Drei mal drei, neun Monde vergangen sind,
dann bekommt die Königin ihr Kind."

Danach wedelte er dreimal mit seinem Zauberstab durch die Luft, reichte dem König die Flasche und empfahl: „Geh zur Königin, wenn sie drei Tage lang dreimal drei Tropfen davon trinkt, wird sie in neun Monaten Mutter sein."

Die Königin nahm die Medizin wie empfohlen und brachte tatsächlich neun Monate später eine Tochter zur Welt. Die Freude war riesengroß. Sie feierten ein prächtiges Fest und im Freudentaumel der Gefühle schenkte der König seiner schönen Prinzessin sein halbes Königreich.

Als ein Jahr vergangen war und das Königspaar den Geburtstag seiner Tochter feierte, kam der Zauberer und verlangte das halbe Königreich. Der König erschrak und begriff, wenn er dem Zauberer und seiner Tochter jeweils eine Hälfte seines Reiches gab, hatte er nichts mehr.

Er forderte das Plakat vom Zauberer, nagelte es an die Wand und versicherte: „Morgen bekommst du mein halbes Königreich."

Am anderen Tag erschien der Zauberer von Neuem und verlangte seinen Lohn. Der König zeigte auf das Plakat und erklärte: „Warum kommst du heute? Morgen bekommst du mein halbes Königreich."

Als er am dritten Tag wieder auftauchte und der König das Gleiche sagte, merkte der Zauberer, dass Pfiffikus ihn überlistet hatte. Er konnte kommen, wann er wollte, es war immer heute und nie morgen.

Verärgert schwang er den Zauberstab über der Prinzessin durch die Luft und grollte mit Funken sprühenden Augen:

„Heute, heute und nicht morgen
werde ich es gleich besorgen.
Die Prinzessin, hübsch und fein,
soll ein Schwan auf dem Schlossteich sein."

Er hatte es kaum ausgesprochen, da rauschte er mit wehendem Gewand davon. Die Verwünschung hallte noch im Raum nach, und ehe alle begriffen hatten, was geschehen war, war die Prinzessin verschwunden. Der König erstarrte, er lugte aus dem Fenster und entdeckte auf dem Schlossteich einen wunderschönen Schwan. Nun war die Trauer groß.

Der König ging zum Zauberer und flehte: „Bitte, erlöse meine Tochter, ich gebe dir mein halbes Königreich."

Der Zauberer nickte zustimmend, nagelte ein Plakat an die Wand und schrieb mit dicken Buchstaben darauf: *Morgen erlöse ich die Prinzessin.*

Pfiffikus gab nicht auf und fragte listig: „Sag, Zauberer, wenn du morgen meine Tochter erlöst, was kann ich tun, wie kann ich helfen?"

„Du?", polterte der Zauberer. „Du kannst niemals deine Tochter erlösen, nur wer ehrlichen und reinen Herzens ist, kann sie retten."

Der König grinste raffiniert, nun kannte er die Lösung für sein Problem.

Er eilte in sein Schloss und ließ im ganzen Land verkünden, wenn einer ehrlichen und reinen Herzens sei und seine Tochter erlöse, bekäme er sein halbes Königreich. Die Kunde verbreitete sich in Windeseile und aus allen Winkeln der Erde kamen Prinzen, Zauberer und Riesen, die alle das halbe Königreich haben wollten. Doch keiner war ehrlichen und reinen Herzens und niemand schaffte es, den Bann zu brechen.

So vergingen die Jahre und der Schwan drehte traurig seine Runden auf dem Schlossteich. Die Königin saß jeden Tag am Wasser und weinte und weinte. Sie weinte so lange, bis ihre Augen austrockneten und sie keine Tränen mehr zum Weinen hatte. Der König verkroch sich in seinem Schloss und brütete tagein, tagaus über einer Lösung. Aber ihm fiel keine List ein, wie er den Fluch brechen konnte.

Jedes Mal wenn er zum Zauberer ging und um Gnade bat, gelobte dieser: „Morgen erlöse ich die Prinzessin."

Im Schloss herrschte große Trauer und die Jahre zogen still und hoffnungslos dahin.

Eines Tages zerriss die Schlossglocke die Stille. Der laute Klang riss selbst den König aus seinen trüben Gedanken. Er eilte zur Pforte und blickte verdutzt auf einen jungen Burschen. „Wer bist du? Was willst du hier?"

Der Junge zeigte keine Scheu und sagte keck: „Ich bin der Bäcker Friedo und suche Arbeit in deiner Schlossbäckerei. Wenn du mich nimmst, wirst du es nicht bereuen. Ich backe die besten Torten der Welt, und wenn du meine probiert hast, wirst du keine anderen mehr essen wollen."

Pfiffikus war verblüfft von so viel Kühnheit. Er gab dem Jungen die Schlüssel zur Bäckerei und meinte: „Das will ich sehen. Stimmt es, was du sagst, wirst du mein Schlossbäckermeister."

Der König staunte, als der Junge ihm am anderen Morgen eine köstliche Torte servierte. Das Backwerk war so lecker, dass es sogar der Königin ein Lächeln auf die Lippen zauberte und sie noch mehr davon haben wollte.

Das machte die Runde und alle im Zauberland wollten nun auch solch einen Kuchen haben. Friedo backte jeden Tag bis in den Abend hinein, und wenn endlich Feierabend war, ging er zum Schlossteich. Der Schwan hatte sich mit dem Bäckermeister angefreundet und kam immer sofort angeschwommen.

Friedo klagte ihm seine Sorgen. „Ach, lieber Schwan, ich bin genauso einsam wie du. Alle wollen meine Torten, aber vor lauter Arbeit habe ich keine Zeit mehr für Freunde. Ich würde alles dafür geben, wenn ich dich erlösen und wir miteinander reden könnten." Der Schwan legte den Kopf in Friedos Schoß und ließ sich streicheln.

So ging es jeden Tag.

Abends wartete der Schwan schon und Friedo seufzte wieder: „Ich würde alles dafür geben, wenn ich dich erlösen könnte. Und wenn ich die ganze Nacht dafür backen müsste ..."

Als der Zauberer davon hörte, erkannte er, dass Friedo ehrlichen und reinen Herzens war, und schloss mit ihm einen Handel: „Wenn du mir eine Torte backst, von der ich nie genug bekomme, und ich mir keine bessere herbeizaubern kann, dann erlöse ich die Prinzessin. Wenn du es nicht schaffst, musst du Tag und Nacht backen."

Friedo schlug ein, ging in die Backstube, nahm die besten Zutaten, die er auftreiben konnte, und backte die ganze Nacht hindurch. Gegen Morgen war eine dreistöckige Torte fertig und obendrauf thronte ein prächtiger weißer Schwan aus Marzipan.

Der Zauberer probierte die Torte und konnte nicht mehr aufhören zu essen. Sosehr er sich auch bemühte, er konnte keinen schmackhafteren Kuchen herbeizaubern.

Der Magier hielt sein Versprechen, und als der Bäckermeister zum Schlossteich ging und dem Schwan seine Liebe anvertraute, verwandelte sich das Tier in eine wunderschöne Prinzessin.

Der Glückspilz

Vor vielen Jahren lebte Lisa mit ihren Eltern in einer kleinen Hütte am Waldrand. Die Familie war arm – der Vater war schon lange krank und konnte nicht arbeiten. Weil sie kaum etwas zu essen hatten und sich von dem ernährten, was sie im Wald fanden, schickte die Mutter das Mädchen jeden Morgen los, um Beeren und Pilze zu sammeln.

Lisa hatte schon alle bekannten Stellen im Wald abgeerntet, wo sie auch hinging, nirgends war mehr etwas zu finden. Darum betrat sie den geheimnisvollen Pfad, der in ein Waldstück führte, in dem Kobolde und Waldgeister hausten.

Der Weg war schmal und schaurig. Lisa horchte auf jedes fremde Geräusch. Sie drehte sich dauernd um und wäre am liebsten zurückgegangen, aber ohne Pilze konnte sie nicht heim. Ängstlich eilte sie weiter und steuerte auf einen kleinen Bach zu, an dem eine große Weide stand. Dort angekommen konnte sie ihr Glück kaum fassen: Hier wuchsen die schönsten Pilze! Sie stellte ihren Korb ab, kniete nieder und wollte einen pflücken.

Doch als ihre Finger den Pilz berührten, zischte eine Stimme: „Halt! Finger weg, das sind meine!"

Lisa taumelte erschrocken einen Schritt rückwärts und stolperte in ein Erdloch. Sie glaubte, einen Waldgeist zu hören, und wollte weglaufen. Doch es ging nicht: Jemand hielt ihre Füße fest und zog sie tiefer nach unten. Sie zappelte hin und her und schrie: „Hilfe, Hilfe!", doch niemand hörte sie. Ihre Füße waren schon bis zu den Knöcheln in dem Loch verschwunden und sie hatte Angst zu versinken.

Als sie nochmals um Hilfe rief, knarrten plötzlich die Äste der Weide. Der Baum schüttelte sich, beugte sich langsam nach vorne und schlang seine langen Zweige unter ihre Arme. Dann richtete er sich ächzend auf, zog Lisa hoch und setzte sie auf einen dicken Ast.

Während Lisa sich in schwindelnder Höhe an einen Ast klammerte, schüttelte der Baum sich erneut und stöhnte: „Puuh, ist das anstrengend. Ich kann mich kaum noch aufrichten, meine Wurzeln halten mein Gewicht nicht mehr."

Lisa glaubte zu träumen: Der Baum konnte sprechen! Sie blinzelte vorsichtig zur Erde und fragte: „Wieso tragen deine Wurzeln dich nicht mehr?"

„Ach", klagte die Weide. „Es ist der Kobold, der dich in das Loch gezogen hat, er haust unter meinen Wurzeln, buddelt überall Löcher und gräbt mir das Wasser ab! Meine Äste sind schon ganz schlapp, es dauert nicht mehr lange, dann falle ich um."

„Oh je", jammerte Lisa. „Du darfst nicht umfallen, sonst sind wir beide verloren. Kann ich dir helfen?"

„Lock den Kobold weg, säubere meine Wurzeln und füll die Löcher mit Erde."

„Wie soll ich das machen? Er wird mich fangen."

„Nicht, wenn du ihm etwas schenkst. Schenk ihm was, er liebt Geschenke."

Lisa ließ betrübt den Kopf hängen. „Was kann ich schon verschenken? Ich hab doch nichts!"

„Wie wär's mit einer deiner Haarspangen?"

Lisa betrachtete ihre Spangen und raunte: „Wenn ich die Haare zusammenbinde, kann ich eine verschenken, aber was mach ich, wenn er mich wieder in ein Erdloch zieht?"

„Du musst singen, er mag Lieder. Solange du singst, tut er dir nichts. Kannst du singen?"

Lisa nickte, zog eine Spange aus ihrem Haar und versprach: „Lass mich runter, ich versuch es."

Die Weide beugte sich ächzend zur Erde. Lisa rutschte an ihren Zweigen hinunter und sang ihr Lieblingslied *Weißt du, wie viel Sternlein stehen ...*

Sie sang so lieblich, dass alle Waldvögel verstummten und ihrem Lied lauschten. Sie hatte das Lied noch nicht beendet, da steckte ein kleiner Kobold seinen schwarzen Haarschopf aus dem Erdloch. Lisa reichte ihm die Spange und sang immerzu ihr Lied. Der Kobold griff danach, band seine zerzauste Mähne zusammen, kroch aus dem Erdloch, legte sich ins Gras und lauschte dem Gesang. Lisa sang weiter und überlegte, wie sie den kleinen Kerl weglocken konnte. Als sie zum dritten Mal ihr Lied sang, bemerkte sie, dass dicke Tränen aus seinen schwarzen Augen flossen und er leise nach seiner Mama rief.

„Suchst du deine Mama?", fragte Lisa. „Soll ich dir helfen?" Als der Kobold bekümmert nickte, reichte sie ihm die Hand. „Dann komm mit, wir suchen sie. Zu zweit finden wir sie bestimmt."

Gemeinsam machten sie sich auf den Weg. Lisa zwinkerte der Weide zu und sang weiterhin ihr Lied.

Nach einiger Zeit kamen sie an eine Erdmulde, aus der es rumpelte und pumperte. Lisa unterdrückte ihre Angst und sang, so laut sie konnte, weiter.

Plötzlich hörte das Gerumpel auf und eine Stimme polterte: „Wer wagt es, mein Lied zu singen, das Lied meines verlorenen Sohnes?"

Als der kleine Kobold das hörte, rannte er zur Grube und jauchzte: „Das ist meine Mama! Wir haben sie gefunden. Hallo Mama, ich bin's, ich bin wieder da!" Er sprang seiner Mama in die Arme und plapperte erfreut: „Das ist Lisa, sie hat mir geholfen, dich zu finden."

Die Mutter blickte Lisa einige Minuten an und murmelte: „Danke. Warte hier, ich hab etwas für dich."

Die Koboldmama schenkte Lisa eine kleine Flasche, in der ein grüner Zweig steckte, bedankte sich nochmals für ihre Hilfe und erklärte: „Das ist das Kräutlein Wehlos. Nimm es, du wirst es brauchen."

Lisa wunderte sich über das Geschenk. Sie steckte die Flasche achtlos in ihre Jackentasche, sagte Danke und erklärte: „Ich muss zurück zur Weide – sie braucht meine Hilfe."

Die Weide freute sich, als Lisa zurückkam, ihre Wurzeln säuberte und die Löcher mit frischer Erde auffüllte. Danach lief Lisa zum Bach, füllte die Flasche mit Wasser und goss es an ihre Wurzeln.

Als die Weide die ersten Tropfen aufsaugte, streckte sie sich und säuselte: „Das tut gut, mein Kind, du rettest mir mein Leben."

„Ich hol noch mehr!", rief Lisa und füllte erneut die Flasche.

Doch als sie das Wasser ausgießen wollte, sagte die Weide: „Es reicht, du hast mir schon geholfen! Nimm jetzt die Pilze, die zu meinen Füßen wachsen, sie sind mein Geschenk für deine Hilfe."

Lisa pflückte alle Pilze, den größten und schönsten legte sie obenauf und eilte heim.

Die Mutter erwartete sie schon und Lisa gab ihr stolz den Korb. Dann ging sie zum Vater, der noch immer krank im Bett lang, und erzählte, wo sie gewesen war. Der Vater sah die Flasche in Lisas Jackentasche, verspürte großen Durst und bat um etwas Wasser. Als Lisa dem Vater das Wasser in den Mund träufelte, geschah ein Wunder. Der Vater stand mit wackligen Beinen auf – die Krankheit schlich aus seinem Körper und die Schmerzen vergingen. Durch das Kraut Wehlos war das Wasser zur Medizin geworden und hatte ihn gesund gemacht.

Aus Freude über diese glückliche Wendung beschloss die Mutter, aus den Pilzen ein Festessen zu kochen. Doch als sie den schönsten und größten Pilz nahm und ihn zerschneiden wollte, geschah etwas Seltsames: Das Messer rutschte ab, der Pilz wurde steinhart und verfärbte sich. Er leuchtete wie die Sonne, wurde schwer wie Stein und verwandelte sich in Gold.

In dem Moment hatte die Not ein Ende, das Glück zog ein und blieb ein Leben lang.

Weihnachtserwachen

Wenn unterm Schnee die Tannen knistern,
in roten Wolken die Englein flüstern,
wenn Nikolaus' Rentiere stehen im Wald,
dann freue dich, das Christkind kommt bald.

Wer war der Dieb?

Es geschah in der Weihnachtszeit. Der Krieg war schon einige Jahre vorüber und man hatte, so gut es ging, die zerstörten Häuser repariert und wieder bewohnbar gemacht. Obwohl die größte Hungersnot vorbei war, ließ der Aufschwung noch lange auf sich warten. Das Wirtschaftswunder war noch in weiter Ferne und die Zeit hatte die Menschen schmerzhaft gelehrt, bescheiden und ohne große Ansprüche zu leben. Was bei einer Großfamilie ohnehin oberstes Gebot war, da man alles, was man hatte, unter achten teilen musste. So war es nicht verwunderlich, dass die Feiertage wie Geburtstag, Nikolaus und Weihnachten recht bescheiden ausfielen. Die Kinder konnten sich glücklich schätzen, dass sie einen großen Bruder hatten, der das Bäckerhandwerk erlernte und sich für die kleineren Geschwister verantwortlich fühlte. So sorgte dieser immer dafür, dass am Nikolaustag für die Kleinen ein riesengroßer Spekulatiusmann auf dem Tisch lag.

Nun war es wieder so weit. Die Weihnachtszeit hatte begonnen und die Kinder fieberten in freudiger Erwartung dem Nikolaus entgegen, der in dieser Nacht kommen sollte.

Doch, oh Schreck, als sie am Morgen in die Stube stürmten, war kein Spekulatiusmann da. Die Kleinen starrten betrübt auf den Tisch. Was war passiert? Warum war der Nikolaus nicht gekommen? Hatte er sie vergessen? Die Enttäuschung stand in ihren Gesichtern und sie waren den Tränen nah.

Die Mutter schaute verdutzt drein und konnte sich die Sache nicht erklären. „Es muss etwas da sein“, murmelte sie verstört. „Der Nikolaus war da. Diese Nacht lag ein Spekulatiusmann auf dem Tisch, das habe ich gesehen.“

Nun begann ein allgemeines Suchen. Man schaute auf den Schrank, unter den Tisch und in die Schubladen, nirgendwo war ein Spekulatiusmann. Er war weg, jemand musste ihn gestohlen haben!

Der Verdacht fiel auf Bruder Toni, der auch schon mal Ostereier heimlich stibitzt und verspeist hatte.

„Hast du den Spekulatiusmann genommen?“, fragte die Mutter.

Toni verneinte. Als er abermals ins Gebet genommen wurde, gab er sein Ehrenwort und beteuerte, dass er mit der ganzen Sache nichts zu tun habe.

Nun war guter Rat teuer. Irgendwo musste der Spekulatiusmann sein, zumal die Mutter behauptete, dass in der Nacht einer auf dem Tisch gelegen hatte. Die Kleinen trauten Toni nicht so recht und suchten auf seiner Jacke nach möglichen Spuren. Nachdem kein einziger Krümel zu finden war, wurde die Küche auf den Kopf gestellt und nochmals alle Schränke und Schubladen durchwühlt. Als sich immer noch nichts fand, wurde die Sache unheimlich und man glaubte an einen Einbrecher, der sich mit dem Diebesgut auf- und davongemacht hatte.

Der Mutter war die Sache unbegreiflich. Sie schob den Tisch und die Stühle zur Seite und kontrollierte nochmals eingehend alle Ecken. Und da sah sie die Bescherung.

In der damaligen notdürftigen Nachkriegsbehausung klaffte in der äußersten Ecke des Fußbodens ein großes Loch, vor dem ein angeknabberter Spekulatiusmann lag. Mit Tränen in den Augen wurde das Diebesgut sichergestellt und das Loch zugenagelt. Wer den Spekulatiusmann dort hingeschleppt und halb verspeist hatte, war weiterhin ein Rätsel. Der Dieb blieb unerkannt – aber Toni war es nicht gewesen!

Schöne Weihnacht

Josef saß schon den ganzen Nachmittag mit einem Buch in seinem Lieblingssessel, mittlerweile dämmerte es. Den Kopf an den Ohrensessel gelehnt, das Buch auf seinen Knien, träumte er von längst vergangenen Zeiten.

„Wie die Jahre vergehen", seufzte er. „Nun bin ich schon das zweite Mal an Weihnachten allein."

Er schüttelte den Kopf, so als wollte er seine trüben Gedanken wegwischen, und schaute zur Terrassentür hinaus in den Garten. Es schneite!

Pünktlich zum Heiligen Abend Schnee – das hatte es seit vielen Jahren nicht mehr gegeben.

Versonnen schaute er eine Weile den wirbelnden Schneeflocken zu, dann knipste er die Stehlampe an. Plötzlich blitzte im aufflammenden Lichtschein etwas im Garten. Verdutzt blickte er hinaus. Nichts war zu sehen.

Kopfschüttelnd nahm er das Buch und wollte lesen. Doch er konnte die Worte nicht aufnehmen, das funkelnde Licht spukte dauernd vor seinen Augen herum. Sobald er jedoch nach draußen blickte, war das Blitzen verschwunden.

Versuchsweise löschte er das Licht und knipste es wieder an. Da war es wieder! Ein plötzliches Aufleuchten, ein Blitzen wie die Klinge eines Messers.

Erschreckt löschte er die Stehlampe, presste sich tiefer in den Sessel und lauschte.

Tatsächlich, da waren Geräusche! Offenbar trieb sich jemand im Garten herum!

„Einbrecher!" Oh Gott – und er war ganz allein!

Ein mulmiges Gefühl stieg in ihm hoch, sein Herz pochte und sämtliche Nerven schienen sich zu spannen.

Er war zwar kein Angsthase und traute sich auch noch allerhand zu, aber sich in seinem Alter mit Einbrechern einzulassen, das war etwas anderes.

Was sollte er jetzt tun? Er war mutterseelenallein und niemand konnte wissen, welche gefährlichen Waffen die Einbrecher hatten. Doch hier im Sessel zu sitzen, abzuwarten, bis die Gauner reinkamen, ihn knebelten und fesselten, ging auch nicht.

Josef stand auf, nahm die schwere Gussvase vom Schrank, schlich zur Terrassentür und linste nach draußen. Nichts!

Außer ein paar Schneeflocken war nichts zu sehen. Er wollte schon zurück zum Sessel, da hörte er ein Kratzen an der Tür.

Also war da doch jemand! Es bestand kein Zweifel, irgendeiner war an der Tür und wollte rein.

Er drückte leise die Klinke herunter, hielt die Vase zum Schlag bereit und öffnete die Tür einen Spalt. Blitzschnell flog sie auf. Josef fiel die Vase aus der Hand. Er knallte die Tür zu, blieb ein paar Sekunden erschrocken im Dunkeln stehen und knipste dann das Licht an. Er zitterte am ganzen Leib, während seine Augen den Eindringling suchten.

Plötzlich huschte ein Lächeln über sein Gesicht. Mitten im Zimmer kauerte ein halb erfrorenes Kätzchen. Erleichtert blies er die Luft aus. Er sah sich das Tier etwas genauer an und flüsterte: „Ach, du bist der Einbrecher. Hast du mich erschreckt! Das Blitzen waren deine Augen. Bist wohl hungrig?“

Josef eilte in die Küche und holte sein Abendbrot. Jedes Mal wenn er sich einen Happen in den Mund steckte, hielt er dem Kätzchen auch ein Stückchen Wurst hin. Es dauerte nicht lange, da sprang das Tier auf seinen Schoß und schloss schnurrend die Augen.

Josef hatte immer gedacht, dass Katzen nur etwas für Frauen wären, und nun saß er hier, ein großer, gestandener Mann, streichelte auf seinem Schoß ein Kätzchen und war glücklich.

Was für eine schöne Weihnacht!

Der Weihnachtsengel

Es war wieder Advent. Felix war nun schon zwei Jahre im Waisenhaus. Doch dieses Mal hatte er die Hoffnung, adoptiert zu werden, begraben. Voriges Jahr hatte er noch an den Weihnachtsmann geglaubt, hatte mit ungeübter Hand einen Wunschzettel geschrieben, worin er das Christkind um eine neue Mama gebeten hatte. Doch nichts war geschehen und so hatte er den Glauben an das Christkind und an den Weihnachtsmann verloren.

In diesem Jahr fühlte er sich erwachsen und alt genug, es den großen Jungs im Waisenhaus nachzumachen, die bei jeder Gelegenheit ihre coolen Sprüche klopften. Er hatte sich auch einen ausgedacht. Wenn ihn jemand fragte: „Na, freust du dich auf Weihnachten?“, würde er gleichgültig antworten: „Das geht mir alles am Po vorbei.“

Die großen Jungs sagten natürlich für Po ein anderes Wort, doch das wollte er nicht sagen. Er hatte seiner Mama versprochen, immer ein ordentlicher Junge zu bleiben, und dieses Versprechen wollte er halten.

Wenn Felix an seine Mama dachte, kamen ihm die Tränen. Er vermisste sie so sehr! Ohne seine Mama fühlte er sich einsam und verlassen. Bevor sie starb, hatte sie versprochen, ihm zu helfen und als Engel auf ihn aufzupassen. Bis jetzt war nichts passiert, er war noch immer in diesem blöden Waisenhaus. Wenn wenigstens Papa da wäre, aber der war zur See gefahren und nie mehr nach Haus gekommen. Im Geheimen dachte Felix oft daran, wie es wäre, wenn er eine neue Mama finden würde. Das war sein sehnlichster Wunsch.

Felix lag träumend im Bett, da fiel plötzlich direkt vor seinem Fenster eine Sternschnuppe vom Himmel. Noch ehe er einen Wunsch aussprechen konnte, war sie verglüht. Felix sprang auf und rannte zum Fenster, doch von der Sternschnuppe war nichts mehr zu sehen. Dafür funkelte vor seinem Fenster ein Licht.

Verdutzt rieb er sich die Augen. Auf der Fensterbank saß ein kleiner, fast durchsichtiger Engel. Das Engelchen trug ein glitzerndes Kleidchen und hielt in seiner Hand einen winzigen goldenen Stab, an dessen Spitze ein heller Stern leuchtete.

Felix schaute sich um, von den Jungs war keiner im Schlafsaal, er war mit dem Engel allein. Der Engel klopfte mit seinem goldenen Stab sachte an die Scheibe. Das Fenster öffnete sich und das Engelchen kam herein. Es legte sein kleines Händchen in Felix' Hand und deutete zum Himmel. Felix lächelte. Das musste der Engel wohl als Zustimmung verstanden haben, denn er erhob sich mit ihm in die Höhe. Felix wollte seine Hand fortziehen, doch es ging nicht. Das Engelchen hielt sie fest und flog mit ihm zum Fenster hinaus. Felix hing an der kleinen Hand und wurde wie eine Puppe in die Lüfte gezogen.

Sie schwebten in die Nacht hinaus und überquerten Wiesen und Felder. Dann überflogen sie einen Wald und wie auf ein geheimnisvolles Zeichen hin schneite es plötzlich. Bis vor ein paar Minuten hatte er weit und breit keine Schneeflocke gesehen und jetzt fielen dicke weiße Flocken vom Himmel. Dazu erklang bei jeder Schneeflocke, die zur Erde fiel, ein leiser Glöckchenton, sodass es überall bimmelte.

Fünf Vögel flogen vorbei und zwitscherten im Chor: „Felix, du Glücklicher, wir grüßen dich!"

Es war sonderbar. Felix flog im Schlafanzug mit einem kleinen Engel an der Hand über einen verschneiten Wald und ihm war mollig warm. Entweder war das ein schöner Traum oder er war im Himmel.

Nach einiger Zeit verschwand der Wald und sie näherten sich dem Meer. Der Wind wehte den Geruch von Salzwasser herüber und säuselte: „Felix, du Glücklicher, ich grüße dich!"

Und dann sah Felix Wasser – viel Wasser, wo er auch hinschaute, überall war Wasser. Darin leuchtete ein Licht. Kurz darauf sah er ein Haus, das mitten im Wasser stand.

Tatsächlich! Im Meer stand ein Haus. Das musste eine Hallig sein! Felix hatte schon davon gehört, seine Mutter hatte einmal davon gesprochen, dass es winzige Inseln im Meer gäbe, und wenn Land unter sei, ragte nur noch das Haus aus dem Wasser.

Der Engel steuerte mit ihm genau auf das Haus zu. Sie flogen um das Haus herum und schauten durch sämtliche Fensterscheiben. Einmal blickten sie in eine Küche, als Nächstes in ein Schlafzimmer, dann in ein Wohnzimmer. Dort saß ein Mann und las Zeitung. Als Letztes schauten sie in ein Kinderzimmer. Es war gefüllt mit Spielsachen: eine Eisenbahn, eine Autorennbahn, eine Tankstelle und noch vieles mehr. Es waren alles schöne Sachen, die ein Jungenherz höherschlagen ließen. Das Zimmer war blitzblank aufgeräumt, so als würden die vielen schönen Sachen gar nicht benutzt.

Felix stand vor dem Fenster und drückte sich an der Scheibe die Nase platt. Eine Frau stand traurig im Zimmer. Das Engelchen tippte mit dem Stab gegen die Scheibe. Die Frau drehte sich um und schaute Felix einen Augenblick lang ins Gesicht. Ein seltsamer Stich drang in Felix' Herz. Er wäre gerne länger geblieben, doch der Engel flog mit ihm fort und einen Moment später befand er sich wieder im Waisenhaus.

Am nächsten Morgen glaubte Felix, er hätte alles nur geträumt. Doch es war kein Traum gewesen. Denn am Abend passierte das Gleiche. Genauso wie am nächsten Tag und auch am darauffolgenden. Den ganzen Advent ging das so. Jeden Abend kam der Engel, zog ihn fort und brachte ihn zu dem Haus im Meer.

Mittlerweile war es für Felix selbstverständlich, dass der kleine Engel ihn abholte. Wenn die Jungs im Waschraum waren, zog er sich an, stellte sich ans Fenster und wartete auf den Engel. Inzwischen war ihm das Haus im Meer mit seinen Bewohnern richtig vertraut geworden. Doch in all dieser Zeit hatte er nie einen Jungen gesehen, der zu diesem Kinderzimmer gehörte. Wo war er nur?

Der Heilige Abend brachte eine Veränderung. An diesem Abend war die Frau nicht allein im Zimmer, ihr Mann war bei ihr. Sie lehnte ihren Kopf an seine Schulter und weinte. Felix wäre am liebsten zu ihr gelaufen, doch es ging nicht, er stand draußen und das Fenster war verschlossen.

Der kleine Engel hob seinen Stab, öffnete mit einem leisen Glöckchenklang das Fenster und warf einen zerknüllten Zettel in das Zimmer. Der Mann und die Frau schauten verwundert zum Fenster und sahen Felix direkt in die Augen. Felix erschrak, nun verließ ihn der Mut. Er wollte weglaufen, doch seine Füße klebten am Boden und waren schwer wie Blei.

Die Frau hob den Zettel auf und las die ungeübten Zeilen:

Felix Bohnert,
Waisenhaus, Königsallee 10,
wünscht sich eine neue Mama!

Sie reichte ihrem Mann den Zettel, ging zur Haustür und öffnete sie weit. Felix trat in die Stube, die er schon so lange kannte. Die Frau breitete ihre Arme aus, und als Felix in ihren Armen lag, wusste er: Das war seine neue Mama!

In diesem Augenblick verschwand der kleine Engel, hundert Sternschnuppen fielen vom Himmel und überall klingelte es: „Felix, du Glücklicher!“

Wie Knecht Ruprecht zum Nikolaus kam

Es geschah vor langer, langer Zeit. Die Turmuhr schlug soeben zwölf. Martin lag in seinem warmen Bett und draußen saß die kalte Nacht. Plötzlich erwachte er schweißgebadet. Ein schlimmer Traum hatte ihn geweckt: Er träumte, der Nikolaus, der diese Nacht kommen sollte, wäre an seinem Haus vorbeigefahren.

Wenn das stimmte, würde er kein Geschenk bekommen! Er hatte sich so darauf gefreut. Das ganze Jahr über war er fleißig gewesen. Er hatte seiner Mutter bei der Hausarbeit geholfen und auch nicht geweint, wenn sie abends arbeiten ging und er allein bleiben musste. Dafür hatte Mama ihm versprochen, dass der Nikolaus ihm ein schönes Geschenk bringen würde.

Martin wischte sich den Schweiß von der Stirn, schlüpfte aus seinem Bett, öffnete das Fenster und spähte in die verschneiten Gassen. Vom Nikolaus war weit und breit nichts zu sehen. Im Glauben, dass der Traum ein Fingerzeig war und er dem Nikolaus einen Hinweis geben musste, dass er hier wohnte, lief er in die Küche, nahm einige duftende Plätzchen, die er heute mit Mama gebacken hatte, und legte sie auf den Fenstersims. Nun konnte nichts mehr schiefgehen. Der Duft der Plätzchen würde dem Nikolaus schon den Weg zu ihm weisen.

Martin kroch zurück in die warmen Federn und schloss beruhigt die Augen. In dem Moment, als er wieder in seinen Träumen versank, schlich eine dunkle Gestalt durch die stillen Gassen. Mit rußgeschwärztem Gesicht huschte sie verborgen unter einem schwarzen Umhang von Fenster zu Fenster. Es war Ruprecht, ein Landstreicher, der im Schatten der Dunkelheit alle Plätzchen, die die Kinder für den Nikolaus auf die Fensterbank gelegt hatten, wegnahm und sie gierig in den Mund stopfte. Anschließend eilte er in die nächste Gasse.

Heute wollte er sich mal so richtig satt essen und diese Nacht war eine günstige Gelegenheit. Da er wusste, dass der Weihnachtsmann nur Kindern etwas brachte und er nichts bekommen würde, plante er, dem Nikolaus den Sack mit den Geschenken zu stehlen.

Ruprecht hatte sich den Reiseweg, den der Weihnachtsmann mit den Rentieren im vorigen Jahr genommen hatte, gut gemerkt. Die Turmuhr sagte ihm, dass er nicht länger zu warten brauchte, und so machte er sich auf den Weg. Er schlich leise wie eine Katze aus dem Ort und lief durch den verschneiten Wald zu den drei Eichen. Hier wollte er dem Nikolaus mit seinem Gespann auflauern. Im Schutz der Bäume spähte er nach rechts und links, zog einen Draht aus dem Umhang und spannte ihn über den Weg. Danach verwischte er mit Gestrüpp alle Spuren und versteckte sich hinter den Büschen.

Es dauerte nicht lange, da hörte er herannahendes Glöckchengeläut. Der Nikolaus war im Anmarsch. Die Kommandorufe „Ho, ho, ho" waren weithin zu hören.

Ruprecht grinste, sog tief die Luft ein und machte sich startklar. Eine Minute später preschten die Rentiere heran. Ihre Beine verfingen sich in dem Draht. Sie stolperten, verloren das Gleichgewicht und stürzten. Der Schlitten kippte um und der Nikolaus flog im hohen Bogen aus dem Wagen. Er verfehlte knapp die Eiche und landete kopfüber in einer Schneewehe. Sein Körper bohrte sich tief in den Schnee, sodass nur noch seine schwarzen Stiefel zu sehen waren.

Ruprecht sprang aus der Deckung, zerrte den Sack vom Schlitten und eilte mit ihm davon. Als er ins Dorf kam, legte Martin gerade neue Plätzchen auf die Fensterbank. Martin wusste nicht, was er denken sollte: Die Plätzchen waren weg und vom Nikolaus war immer noch nichts zu sehen. Alle Straßen waren verlassen und leer, wäre der Nikolaus im Ort, müsste man auf den schneebedeckten Wegen eine Fuß- oder Schlittenspur sehen.

Während Martin noch überlegte, wo der Nikolaus blieb, schlich Ruprecht im Licht der Laterne mit dem Sack vorbei. Der Junge stutzte. Wer war das? Er kannte in diesem Ort jeden, aber so einen schwarzen Kerl hatte er hier noch nie gesehen. Eine innere Stimme warnte Martin, dass mit dem Schwarzen etwas nicht in Ordnung sei. Und da Martin nicht feige war, rief er, ohne zu überlegen: „Halt! Stehen bleiben!"

Ruprecht erschrak. Er duckte sich, lief in die nächste dunkle Seitengasse und flitzte über eine Wiese davon. In der Eile übersah er den verschneiten Stacheldraht am Wiesenrand und rannte hinein. Die Stacheln bohrten sich sofort in seine Unterarme. Es schmerzte höllisch. Der Versuch, den Draht aus seiner Haut zu ziehen, misslang. Sobald er seine Hände bewegte, bohrten sich die Stacheln nur noch tiefer in sein Fleisch.

Er wagte es nicht mehr, sich zu bewegen, und rief um Hilfe. Niemand hörte ihn.

Die Zeit verstrich. Mittlerweile waren seine Arme und Beine steif gefroren. Ihm wurde angst und bange. Wenn ihn niemand befreite, war er seinem Schicksal hilflos ausgeliefert.

Plötzlich wurde ihm bewusst, dass es dem Nikolaus genauso erging und er ebenfalls hilflos im Schnee steckte. Da plagte ihn sein schlechtes Gewissen und er bekam Angst, dass dem Weihnachtsmann etwas zustoßen könnte. Was wäre ... wenn er im Schnee ersticken oder erfrieren würde? Dann gab es vielleicht nie mehr Weihnachten und keiner würde mehr Geschenke bekommen. Das hatte er nicht gewollt.

In seiner Not wollte er alles rückgängig machen und gelobte: „Wenn ich gerettet werde, befreie ich den Nikolaus und bitte ihn um Verzeihung." Er jammerte und schrie und seine lauten Schreie schallten schaurig durch die stille Nacht.

Martin, der schon wieder nach dem Nikolaus Ausschau hielt, hörte seine Schreie. Dem Jungen schlotterten die Knie. Die ganze Sache war verdächtig und das Gefühl, dass hier etwas nicht stimmte, verstärkte sich mehr und mehr. Martin unterdrückte seine Furcht, zwängte sich in seine hohen Stiefel und folgte den Spuren im Schnee. Die Hilferufe wurden immer lauter. Da sah er den schwarzen Mann, eingeschnürt im Stacheldraht.

Martin lief zu ihm und befreite ihn. Sein Blick fiel auf den Sack und er fragte verwundert: „Was ist das für ein Sack? Woher hast du den?"

Der Schwarze druckste herum und gab schließlich kleinlaut zu: „Vom Nikolaus."

„Und wo ist der Nikolaus?", wollte Martin wissen.

Ruprecht zog verschämt den Kopf ein, schulterte schnell den Sack und brummte:„Ich hol ihn."

Martin merkte, dass er den Schwarzen bei einer Missetat ertappt hatte, und warnte. „Beeil dich! Die Kinder warten schon. Wenn du nicht zurückkommst, hol ich sie. Wir finden dich! Deine Spur im Schnee ist deutlich zu sehen."

Ruprecht rannte zu den drei Eichen. Der Weihnachtsmann steckte immer noch im Schnee. Als die Rentiere den schwarzen Mann erblickten, traten sie zornig mit den Hufen, schnaubten und rollten drohend mit den Augen. Ruprecht kraxelte auf die Schneewehe, ergriff die Füße vom Weihnachtsmann und riss ihn mit einem kräftigen Ruck heraus.

Er sah den Nikolaus an und bat beschämt: „Verzeih mir, ich habe es nicht böse gemeint, wie kann ich es wiedergutmachen?"

Der Weihnachtsmann wusste genau, wovon der Gauner sprach, und entschied: „Als Strafe nehme ich dich mit, du bist mein Knecht und wirst ab heute Knecht Ruprecht genannt. Du kümmerst dich um meinen Schlitten und die Tiere, gehst durch die Schornsteine und öffnest mir die Türen. Ist deine Reue ehrlich gemeint, soll dir bald verziehen sein. Beeil dich, mach den Schlitten fahrbereit, damit wir die Kinder beschenken können."

Ruprecht befolgte alles. Er machte den Schlitten startklar und lenkte ihn ins Dorf. Als das Gespann in den Ort kam, hielten sie zuerst bei Martin an. Der Junge strahlte, als er den Nikolaus sah, und verteilte alle seine Plätzchen. Der Nikolaus öffnete seinen Sack und überreichte ihm das schönste Weihnachtsgeschenk, das darin zu finden war.

Der Weihnachtsstern

Es war Heiligabend, die Sterne funkelten am Himmel, der Wind trieb winzige Eiskristalle vor sich her und der Mond ließ den Schnee erstrahlen. An jenem kalten Wintertag lag die kleine Hütte tief verschneit im Berg. Der fahle Lichtschein, der aus dem kleinen Fenster schimmerte, und der rauchende Kamin ließen darauf schließen, dass sich jemand darin aufhielt.

Alois, ein Mann mittleren Alters, trat aus der Hütte und humpelte schwerfällig über den verschneiten Weg zum Holzstapel. Mit schmerzverzerrtem Gesicht nahm er mehrere Scheite, schlurfte damit zurück in die warme Stube und warf sie neben den Kamin.

„So, mein Junge“, sagte er zu seinem Sohn, der ebenfalls Alois hieß, den er aber nur Loisel nannte. „Das muss für die Nacht reichen.“

Loisel lag mit verbundenem Bein auf einer Pritsche und beobachtete seinen Vater mit fiebrigen Augen. Alois setzte sich zu ihm, legte die Hand auf seine Stirn und fragte zum hundertsten Mal: „Wie geht es dir?“ Er blickte dem Jungen sorgenvoll in die Augen. Dessen Wangen glühten, das Wundfieber war bedrohlich gestiegen. Bemüht, seine Angst zu verbergen, murmelte Alois: „Das wird schon wieder, das wird schon wieder.“

Alois öffnete den Verband, den er notdürftig aus einigen Lappen gemacht hatte, und entfernte den schmutzigen Stoff. Das Bein war feuerrot und eiterte. Er erschrak, deckte es schnell mit einem Tuch zu und brummte: „Es hat sich entzündet, ich muss es säubern.“ Mit zittrigen Knien schlurfte er zum Herd, warf die mit Blut und Eiter verklebten Tücher ins kochende Wasser, nahm die trockenen von der Stange, reinigte die Wunde und legte einen neuen Verband an. Er wusch sich die Hände, strich dem Jungen liebevoll über den Kopf, hinkte zum Tisch und setzte sich auf den Stuhl. Sein Fuß schmerzte, er pochte und brannte wie Feuer. Die Schwellung hatte zugenommen und der obere Schaft seines Schuhs war nicht mehr zu sehen. Vorsichtig löste er die Schuhbänder, am liebsten hätte er den Schuh vom Fuß gerissen.

Er schüttelte den Kopf: „Ich darf ihn nicht ausziehen, da komm ich nie mehr rein! Wenn es morgen Loisel nicht besser geht, bringe ich ihn ins Dorf, koste es, was es wolle.“

In der Hoffnung, dass sein Fuß sich besserte, hatte er auf das Ende des Schneesturms gewartet, der bereits seit drei Tagen in den Bergen wütete, und dadurch wertvolle Zeit verloren. Alois stützte müde den Kopf auf die Hand und machte sich die schlimmsten Selbstvorwürfe. Wenn dem Jungen etwas passierte, könnte er das nicht ertragen. Es war kaum ein Jahr her, dass Karen, seine Frau, von einem Betrunkenen überfahren worden war. Und jetzt der Junge – durch seine Schuld! Als er daran dachte, schlotterten ihm die Knie, gleichzeitig jagte eine Hitzewelle durch seinen Körper und eine panische Angst schnürte ihm die Kehle zu.

Wieso hatte er die Abkürzung genommen? Er wusste doch, dass es ein gefährlicher Weg war, und trotzdem hatte er ihn benutzt. Nur deshalb waren sie den Abhang hinuntergestürzt. Wäre sein Knöchel heil geblieben, hätte er den Jungen gleich ins Dorf gebracht. Das wäre das Beste gewesen, da sein ganzes Schienbein aufgerissen war. Überhaupt auf die wahnsinnige Idee zu kommen, Weihnachten in der Hütte zu verbringen, ohne dass jemand davon wusste, war schon purer Leichtsinn.

Aber so war er nun mal! Seit Karen tot war, wollte er mit niemandem mehr etwas zu tun haben. Jeden stieß er vor den Kopf, selbst seine besten Freunde hatte er damit vertrieben. Er konnte auch nicht mehr „Bitte“ oder „Danke“ sagen. Am liebsten war er mit seinem Schmerz allein.

Plötzlich hob Loisel den Kopf und zeigte zum Fenster. „Papa ... Papa, schau, da! Da ist der Weihnachtsstern. Mama hat gesagt, wenn ich ihn sehe, darf ich mir etwas wünschen und es geht in Erfüllung!“

Alois humpelte zu dem Jungen und schaute mit ihm durch das von Eisblumen umrandete Fenster. Tatsächlich! Am Himmel stand ein leuchtender Stern und glitzerte in der klaren Nacht.

Loisel sah ihn mit glänzenden Augen an und rief aufgeregt: „Wünsch dir was, Papa! Du musst dir was wünschen."

Der Vater nahm seinen Sohn in den Arm und sagte mit trauriger Stimme: „Ich wünsche mir, dass jemand kommt und uns zum Arzt bringt, damit du wieder gesund wirst."

Loisel schloss die Augen und schmiegte sich an den Vater. „Das wünsche ich mir auch, der Nikolaus soll kommen und uns nach Hause bringen."

Alois legte den Jungen auf die Pritsche, deckte ihn zu und schluchzte mit erstickter Stimme: „Es wird schon wieder, es wird schon wieder."

Verzweiflung stieg in ihm hoch. Der Kleine war eher dem Tod als dem Leben nahe. Entschlossen ging er zur Garderobe, zog seine dicke Jacke an, nahm den Hut vom Haken, zerrte ihn tief in die Stirn und entschied: „Ich kann nicht länger warten, es ist zu gefährlich. Noch in dieser Nacht bringe ich ihn ins Dorf."

In dem Moment, als er sich nach draußen begeben wollte, um alles für den Abmarsch vorzubereiten, hörte er die schwächer werdende Stimme seines Sohnes. „Papa, Papa, er kommt, ich höre die Schellen."

Alois stürzte zur Liege. Er streichelte das heiße Gesicht des Jungen und schwor: „Ruhig, mein Junge, ich bringe dich zum Krankenhaus, es wird alles gut!"

Loisel zog sich am Vater hoch. „Papa, hör doch, die Schellen! Er kommt, der Nikolaus ist da!" Der Vater nahm seinen Sohn fest in den Arm und verbarg seine tränenden Augen in seinem Haar.

Plötzlich hörte auch er leises Glöckchengeläut. Er konnte es nicht glauben und schlurfte hinaus. Da draußen, welch ein Wunder, stand ein großer Pferdeschlitten. Ein kräftiger Mann stieg ab und kam mit langem, wehendem Mantel zur Tür.

„Niko!", rief Alois. „Bist du's?"

„Ja", erklang eine tiefe Stimme aus dem Dunkel.

Alois starrte den Mann an, der in seinem langen, dicken Gewand viel Ähnlichkeit mit dem Nikolaus hatte. Erleichtert sog er die Luft ein und die ganze Angst, die sich wie ein Parasit in seiner Brust breitgemacht hatte, wich von seiner Seele. „Woher wusstest du, dass wir hier sind?"

Niko klopfte sich den Schnee von den Stiefeln. „Ich dachte mir, dass du hier bist, warst mit Karen immer hier, wenn ihr allein sein wolltet. Nach dem Schneesturm musste ich nachsehen, ob mit euch alles in Ordnung ist."

Tränen schossen in Alois' Augen. Befreit umarmte er seinen Freund und murmelte: „Danke! Du warst immer ein guter Freund. Verzeih mir, dass ich das vergessen habe. Fährst du uns bitte nach Hause, wir sind beide verletzt."

Niko holte eine Felldecke, wickelte den Buben darin ein und legte ihn Alois, der im Schlitten Platz genommen hatte, in die Arme.

„Nikolaus", hauchte Loisel. „Ich wusste, dass du kommst, fahren wir jetzt heim?"

Niko nickte. „Ja, mein Junge, auf geht's!"

Nach einem leisen Peitschenschlag setzte der Schlitten sich in Bewegung und glitt über den knirschenden Schnee heimwärts durch die Heilige Nacht.

Weihnacht

Wenn's Christkind tritt aus dem Himmelstor
und den weißen Schimmel holt hervor,
ihn bepackt mit vielen schönen Gaben,
woran sich Mädchen und Buben laben.
Wenn die Sterne glitzernd funkeln und
in den Wolken Englein munkeln.
Wenn der Schnee vom Himmel fällt
und verzaubert unsere Welt.
Wenn Ochs und Esel steh'n an der Krippe,
dann ist das Christkind in unserer Mitte.

Die Autorin

Gisela Luise Till, geboren 1944, lebt mit ihrem Mann in Alsdorf bei Aachen. Schreiben hat die zweifache Mutter immer begleitet, doch in den Jahren mit Beruf und Familie fehlte ihr die Zeit dazu. Erst als Seniorin fand sie die Muße, sich dem Schreiben intensiver zu widmen, und schrieb, inspiriert durch ihre Enkelin, die immer mehr von ihren Geschichten hören wollte, das Fantasybuch „Die Zauberperle“, das in Papierfresserchens MTM-Verlag erschienen ist. Seitdem schrieb die Autorin mehrere Kurzgeschichten und Märchen und arbeitete gleichzeitig an dem Buch „Die Königin des Lichts“, das ebenfalls vom Papierfresserchen veröffentlicht wurde.
Schreiben ist für Gisela Luise Till Träumen, Eintauchen in eine andere Welt, in der sie ihre Gedanken auf Reisen schickt und neue Geschichten ersinnt. Ihre schönsten Märchen, Gedichte und Geschichten veröffentlicht sie in dem vorliegenden Buch:

Wie das Leben eben so spielt

Ihre Bücher

Die Zauberperle
ISBN: 978-3-86196-003-4
Taschenbuch, 270 Seiten

Als die kleine Maria auf sonderbare Weise in einen geheimnisvollen Wald gelangt, ahnt sie nicht, dass sich damit ihr Leben auf den Kopf stellt. Sie trifft auf arglistige Zwerge, die mit Wölfen und Bären herumziehen, und auf Waldmenschen, von denen sie bis dahin noch nie etwas gehört hat. Mit einem von ihnen freundet sie sich an und dann nimmt das Schicksal seinen Lauf. Sie müssen gemeinsam gegen einen grausigen Berggeist kämpfen, denn sie besitzt etwas, das der Widerling um jeden Preis haben will. Können sie ihn gewinnen?

Die Königin des Lichts
ISBN: 978-3-86196-751-4
Taschenbuch, 180 Seiten

Noch weiß Luzie nicht, dass sie ein großes Geheimnis in sich trägt. Ein Geheimnis, das sie einerseits unverwundbar und andererseits sehr verletzbar macht. Sie könnte mit ihrem Freund Max im Waldaland glücklich und zufrieden leben, wenn da nicht dieses Licht wäre, das sie ständig in Schwierigkeiten bringt! Zunächst beginnt alles ganz harmlos und nichts deutet darauf hin, dass etwas Ungewöhnliches passiert. Obwohl, wenn man es genau betrachtet, dieses Licht in ihrer Brust schon ein Fingerzeig ist, dass sie anders ist als andere Kinder. Und so lässt das Unheil auch nicht lange auf sich warten.

www.ingramcontent.com/pod-product-compliance
Lightning Source LLC
LaVergne TN
LVHW091326190726
843491LV00002B/585

9783861967583